Taschenschmöker aus Vergangenheit und Gegenwart

Sonderausgabe

Taschenschmöker aus Vergangenheit und Gegenwart

– Sonderausgabe –

Neu und wieder aufgelegt

Berlin 2024

Der Höllengeiger

Phantastische Geschichten von

Leo am Bruhl

Gesammelt und herausgegeben

von Lars Dangel

Edition Dornbrunnen

Taschenschmöker aus Vergangenheit und Gegenwart – Sonderausgabe

Die Texte folgen alten Originalausgaben und wurden vom Herausgeber weitgehend den aktuellen Rechtschreibregeln angepasst.

Korrekturen und Lektorat: Lars Dangel

Die Deutsche Nationalbibliothek verzeichnet diese Publikation in der Deutschen Nationalbibliografie; detaillierte bibliografische Daten sind im Internet über
http://dnb.d-nb.de
abrufbar.

1. Auflage 2024

ISBN 978-3-943275-74-2

Sven-R. Schulz, Dornbrunner Straße 16, 12437 Berlin
www.edition-dornbrunnen.de
Titelgestaltung: Sven-R. Schulz unter Verwendung eines Werks
von Alfred Rethel (1816 bis 1859)

Druck und Vertrieb: Books on Demand GmbH, Norderstedt
PNTS–S3

Inhalt

Vorwort

Leo am Bruhl ist eine Größe der Phantastischen Literatur, die nicht nur heute fast völlig vergessen und unbekannt ist. Schon zu seinen Lebzeiten war der jüdische Schriftsteller Bruhl für die Literaturwissenschaft nicht existent, da er keine Bücher, sondern seine abenteuerlich-phantastischen Erzählungen ausschließlich in Tageszeitungen, Zeitschriften und Monatsbänden publizierte.

Daher hatte er zwar eine Leserschaft in Millionenhöhe, aber nur wenige Leute dürften mehrere Geschichten von ihm gekannt haben, da diese zwar zwischen 1926 und 1933 in einer schier unüberschaubaren Anzahl abgedruckt wurden (heute bekannt sind weit über 1000 Abdrucke), aber der Zeitraum zwischen zwei Geschichten Bruhls in einer Zeitung betrug oft Wochen, Monate oder sogar Jahre.

Deshalb berichtet kein Literaturlexikon über ihn und es ist nur eine winzige Skizze erhalten, in der er über sich selbst berichtet. Er war wohl Buchhalter in leitender Position, gab diese Stellung aber auf, um zu reisen.

Wann und wohin, das alles ist nicht überliefert. Aber man merkt Bruhls Texten seine uneingeschränkte Faszination und Liebe zu den Menschen in anderen Ländern an. In keinem Text schreibt er in einem herablassenden Ton über die Einheimischen, wie es gerade die Schriftsteller der früheren Kolonialmächte gerne zum Besten gaben, sondern er respektiert und erfreut sich am Fremden und Unbekannten.

Anders als z. B. bei H. P. Lovecraft, dem alles Fremde Angst bereitete und in dessen Werk deshalb das Unbekannte die Ursache für Katastrophen ist, ist bei Bruhl das Fremde nicht allein die Ursache, sondern durchaus auch die Lösung für eine ausweglose Situation. Dennoch erfreut sich Bruhl durchaus daran, wenn er seine Leserschaft zum Staunen und Gruseln bringen kann, was ihm meisterhaft gelingt.

Obwohl Bruhl seine weltoffene Art und sein Interesse am Fremdländischen durch seine Geschichten deutlich nachvollziehbar präsentiert und man auch stets sein Anliegen, dass man sich in Ländern, in denen man zu Gast ist, gesittet zu verhalten hat, ist er dennoch ein Kind seiner Zeit.

In der Erzählung »Treibhaus des Grauens« verwendete er an drei Stellen das sogenannte N-Wort. Diese Stellen haben wir, da diese als beleidigend zu bewertende Wortwahl abzulehnen und für die Handlung völlig irrelevant ist, durch neutrale Begriffe ersetzt.

Nachdem ich 2023 den ersten von zwei Bänden mit den bislang aufgefundenen 75 phantastischen Erzählungen des Autors veröffentlichte, war der Band bereits 5 Tage nach Erscheinen vergriffen.

Daher wollen der Dornbrunnen-Verlag und ich in einer kleinen Reihe die besten Geschichten daraus in preiswerten Ausgaben publizieren, damit Leo am Bruhl trotz seiner Wiederentdeckung nicht erneut umgehend in der Vergessenheit versinkt, sondern diesmal den Lesern und Freunden der Phantastischen Literatur erhalten bleibt.

Viel Freude beim Entdecken dieser seit fast 100 Jahren vergessenen Perlen wünscht Ihnen

Ihr Herausgeber

Garfields Erfindung

Mit einer knappen Geste gegen den hageren, schlecht gekleideten Mann, der unruhig vor ihm im Sessel saß, erklärte Careman: »Mister Garfield hat da eine merkwürdige Sache erfunden, Jefferson. Es handelt sich um eine chemisch-technische Neuerung, die, wenn sie durchführbar ist, die Volksernährung der ganzen Welt von Grund auf umgestalten und die gesamte Wirtschaft vor gänzlich neue Probleme stellen wird.«

»Zur Durchführung sind achtzig Millionen Dollar erforderlich«, warf der Hagere mit kratzender Stimme ein. Seine Augen flackerten.

Careman schrieb ein paar Zahlen auf und trommelte gleichzeitig mit der Linken zwei blitzschnelle Morsezeichen für Jefferson auf die Schreibtischplatte: »Verrückt« und »Interessant«.

»Unser Konzern ist, wie Sie wissen, Jefferson«, fuhr er – zu dem Beamten gewendet – fort, »stark genug, diese Erfindung zu finanzieren. Selbstverständlich muss die Sache zuerst einmal überprüft werden. Nun sagt mir Mister Garfield, dass die Apparate nicht hierher geschafft werden können. Ich müsste Sie also bitten, Herrn Garfield jetzt gleich in seine Wohnung zu begleiten, damit er Ihnen die Geschichte praktisch vorführen kann.«

Jefferson nickte seine ohnehin selbstverständliche Zustimmung, ließ sich Hut und Mantel holen, und eine Minute später trug der Fahrstuhl ihn und den Erfinder vom zweiundvierzigsten Stockwerk hinunter.

Ein geschlossener Wagen stand auf der Straße bereit. Garfield öffnete stumm den Schlag; Jefferson stieg ein.

Gleich hinter ihm aber knallte die Tür zu, und er bemerkte, nicht ganz ohne zu erschrecken, dass er vollkommen im Finstern saß. Wohl klopfte er mit den Knöcheln an das Fenster, schlug auch mit der Faust dagegen, traf jedoch auf etwas, das eher Stahlblech als Glas war.

Der Wagen ruckte an und fuhr los.

Jefferson versuchte eine Tür zu öffnen, aber seine wütenden Anstrengungen blieben erfolglos. Er war gefangen.

Zuerst war es ihm, als ginge die Fahrt über eine Brücke, eine der vier Riesenbrücken, die den East River überspannen – dann verlor er jedes Orientierungsfühlen und konnte nichts mehr tun als lauschen und – abwarten, bis er befreit werden würde.

Der Wagen fuhr und fuhr, stoppte kurz und fuhr weiter.

Jefferson wusste nicht, wie lange er unterwegs war; seine Uhr stand, als endlich das Pochen des Motors verstummte und das Gefängnis sich öffnete.

»Beg your pardon!«, begrüßte ihn Garfield mit schlecht gespielter Unbefangenheit. »Sie werden leicht begreifen, dass ich Sie vor Abschluss unseres Vertrages nicht wissen lassen darf, wo in New York ich meine Erfindung verborgen halte. Der beste Schutz gegen das Ausspionieren ist eben die Geheimhaltung. Aber fürchten Sie nun keine zweite Überraschung mehr! Ich werde Sie später persönlich in die Fifth Avenue, gleich in Ihre Wohnung zurückbringen.«

»Wieso kennen Sie meine Wohnung?«, fragte Jefferson erstaunt.

»Ich habe mich selbstverständlich vorher auch über Sie genügend erkundigt, ohne dass ich deswegen alles glaube, was ich erfahren habe«, erwiderte Garfield.

»Trotzdem scheine ich Ihr Vertrauen zu genießen.«

»Vertrauen?«, krächzte Garfield höhnisch. »Vertrauen? Ich vertraue keinem – keinem lebendigen Menschen!«

Hier zum ersten Mal spürte Jefferson die Nähe einer Gefahr. Er fragte sich, unter welchen Bedingungen ihn Garfield, nachdem er ihn schon einmal in das Geheimnis eingeweiht haben würde, wieder aus dem Haus herausließe; würde nicht Garfield in seiner krankhaft gesteigerten Angst Verrat fürchten?

Durch einen gepflasterten Hof ging es nach dem Hinterhaus, einem zweistöckigen, sehr vernachlässigten Bau. Garfield schloss eine schwere Bohlentür auf, ließ Jefferson eintreten und einige Stufen der schmalen Treppe hinaufsteigen.

Währenddessen schob er unten zwei oder drei Riegel vor und eilte sodann an Jefferson vorüber die Stiege hinauf, drehte sich, als er das obere Stockwerk erreicht hatte, mit einem närrisch anmutenden Seiltänzersprung nach seinem Begleiter um und rief ihn heiser an: »Bleiben Sie stehen, Mister Jefferson! Der obere Teil der Treppe ist stellenweise mit der Hochspannungsleitung verbunden, ebenso der ganze Flur hier oben. Warten Sie da, wo Sie stehen, bis ich die Panzertür geöffnet habe; dann kommen Sie rasch herauf. Aber fassen Sie nicht das Geländer an! Solange die Panzertür offensteht, ist der Flur stromfrei. Aber nach einer halben Minute schließt sich die Tür automatisch. Zögern Sie also nicht!«

In Jefferson wuchs die Überzeugung, dass Garfield wahnsinnig sein müsse. Nur die Neugier half ihm, sein inneres Widerstreben zu überwinden, eine gleichgültige Miene aufzusetzen und dem übervorsichtigen Erfinder zu folgen. Mit Anstrengung unterdrückte er sein Erschauern und durchschritt die breite Öffnung der Stahltür, die sich unmittelbar hinter ihm trotz ihres wahrscheinlich nicht geringen Gewichts lautlos schloss.

Garfield schaltete ein paar Deckenbeleuchtungen ein und

gab seinem Besucher stumm, nur mit einer Handbewegung, die Erlaubnis, sich umzusehen.

Jefferson stellte fest: Eine Halle, etwa zwanzig Meter lang und ebenso breit; Boden, Wände und Decke weiß gekachelt. An den Seiten Schalter, Hebel, Röhren, Skalen, ein paar weiß gestrichene Kästen. In der Mitte, in etwa zehn Meter Abstand voneinander, standen zwei Stahlblöcke in der Form riesiger Zündholzschachteln, die auf die Reibfläche gestellt waren, ungefähr fünf Meter hoch. Die Länge der Vorderflächen, die sich gegenüberlagen, mochte acht bis neun Meter betragen.

Das war alles, was sich Jeffersons Blicken bot.

Eine seltsame Sache! In welcher Beziehung konnten die Stahlblöcke hier zur zukünftigen Volksernährung stehen?

Unvermittelt in das Schweigen sagte Garfield: »Die Blöcke sind natürlich inwendig hohl; die Panzerwände umschließen die gesamte Apparatur der Erfindung. Im Block zur Rechten befindet sich der Sender, im Block zur Linken der Empfänger. Dazwischen ist nichts als Luft, gewöhnliche Luft von draußen, die übrigens durch die Kachelmasse, poröses, von mir erfundenes Baumaterial, immerfort hier hereinkommt.

Ob Sender oder Empfänger – wie hier – ein paar Meter voneinander entfernt sind oder Tausende von Kilometern, das ist für meine Erfindung gleichgültig. Ob zwischen ihnen nur Luft oder aber Berge, Häuser, elektrische oder magnetische Felder liegen, ist genauso gleichgültig. Setze ich den Empfängerblock also zum Beispiel nach Paris, dann funktioniert der Empfang dort genau so, wie er hier im Raum vor sich geht. Denken Sie an Radiowellen! So ungefähr.«

»Sie haben demnach eine neue Strahlenart entdeckt?«, fragte Jefferson interessiert.

»Was ich entdeckt habe«, gab Garfield langsam zurück, »weiß ich natürlich selbst nicht, so wenig wie irgendein Mensch weiß, was denn Elektrizität oder Erdanziehung oder tausend andere

Dinge, denen wir einen Namen gaben, in Wirklichkeit sind. Ich sehe lediglich Erfolg und Wirkung meiner Entdeckung, vermag aber nicht, sie zu begreifen oder ihr innerstes Wesen gar zu erklären.«

Jefferson erkundigte sich: »Und wie wirken Ihre Strahlen? Was übertragen sie?«

Garfield schaute ihn ein paar Sekunden durchdringend an und schrie ihm plötzlich ins Gesicht: »Geschmack! – Mister Jefferson – Geschmack!«

Mit Mühe unterdrückte Jefferson ein Lächeln.

Geschmack?! Das war neu; es war wohl auch für Careman neu gewesen. Ein Apparat, der also wohl Geschmacksempfindungen mit Hilfe von Ätherwellen übertragen sollte, das war noch nicht dagewesen. Sicher, nach Fernhören, Radio und Fernsehen-Bildfunk nun noch das Fern-Schmecken! Weshalb sollte nicht Garfield es erfunden haben?

Jefferson fühlte sich am Rockärmel gefasst und zur Seite gedrängt, so dass er die Rückwand des einen Stahlblocks, den Garfield als Sender bezeichnet hatte, übersehen konnte.

Auch hier wieder rätselhafte Schaltwerke, Griffe, Hebel, Schrauben, Messbänder, Skalenscheiben. Am auffallendsten war eine in Kopfhöhe angebrachte Reihe von gebogenen Trichtern, etwa dreimal so groß wie eine Sprechmuschel am Telefon. Das verjüngte Rohrende dieser Trichter ragte in das Innere des Senderapparates hinein; die Öffnungen hingen nach unten und stülpten sich über einfache Glasschalen, die auf einem mit dem Stahlgehäuse verbundenen schmalen Brett standen.

Garfield zog die am nächsten stehende Glasschale unter der Muschelwölbung heraus und hielt sie Jefferson hin.

»Schmecken Sie einmal, was das ist!«, forderte er ihn auf.

Jefferson tauchte leicht den Finger in die weißliche Flüssigkeit, die die Schale füllte, und brachte ihn an die Zunge.

»Zucker!«

Garfield nickte befriedigt und schob den Behälter unter die Trichterglocke zurück.

»Eine einfache Zuckerlösung«, erklärte er dozierend. »Die drei nächsten Gläser enthalten Essig, dann Chinatinktur, dann Kochsalzlösung. Sie haben da die vier Stoffe, mit denen man bei medizinischen Untersuchungen des Geschmackssinnes die Empfindung für süß, sauer, bitter und salzig zu prüfen pflegt.

Wie empfinden Sie Geschmack, Mister Jefferson? Weshalb schmecken Sie denn mit der Zunge? Nun, die Substanz, die Sie in den Mund nehmen, löst sich in Flüssigkeit, die in die Geschmacksgruben Ihrer Zunge eindringt, dort, je nach ihrer Beschaffenheit, die sogenannten Geschmacksknospen reizt, sehr komplizierte Gebilde von Nervenzellen, die ihrerseits dann mittels nervöser Bahnen den Geschmacksbegriff an die entsprechende Zentralstelle des Gehirns weiterleiten. So geschieht es. Warum es so geschieht, welchen chemischen oder unbekannten Naturgesetzen dies alles unterliegt, wissen wir nicht.

Um also zu schmecken, müssen kleinste Teile, Moleküle, der zu schmeckenden Substanz mit den Geschmacksknospen in Berührung gebracht werden. Gelänge es zum Beispiel, irgendeinen Stoff so fein zu zersetzen, dass winzigste Moleküle mit Hilfe einer Strahlungsart und -energie fortgetragen werden könnten, dann könnte man Geschmack fernübertragen.

Kurz, Mister Jefferson, mir ist es gelungen, alle Stoffe chemisch so fein zu spalten, dass ihre winzigsten Teile mit einer bestimmten, neu entdeckten Strahlungsart fortgerissen werden können, gewissermaßen in eine beliebige Richtung hin zerstäubt werden.«

Garfield griff vorsichtig in das Schaltwerk und legte ein paar Hebel um. Im Innern des Blockes begann ein leises Rauschen.

»Kommen Sie zum Empfänger, Mister Jefferson!«, sagte Garfield ruhig, jetzt ganz im Bann seines Werkes.

Sie gingen zwischen den Blöcken hindurch, ohne dass dort

etwas zu bemerken gewesen wäre, was auf irgendeinen Strahlungsstrom hätte schließen lassen können.

Garfield bog um den zweiten Stahlblockkasten herum und zog den Beamten des Bankenkonzerns an einem Rockknopf hinter sich her.

Die Vorderseite des Empfängers erwies sich zu Jeffersons Verwunderung als eine blanke, bläulich glänzende Wand, die von keinem Hebel, keiner Schraube, von nichts unterbrochen war.

Garfield deutete mit der Hand dagegen und sagte in hämischem Ton: »Hinter dieser Fläche birgt sich das größte Geheimnis meiner Erfindung. Ich habe deshalb alles, was zur Apparatur gehört, in das Innere hineinmontiert. Es wäre ja auch zwecklos, wollte ich Ihnen Einzelheiten zeigen. Nur – Sie sollen jetzt die Wirkung persönlich erproben.«

Garfield zeigte auf ein kleines Tischchen, das dicht an der Kachelwand stand und weiß gedeckt war; darauf befand sich eine einfache Suppenschüssel aus billigem Porzellan und daneben ein Teller, in dem ein kleiner Löffel lag.

Garfield zog unter dem Tisch einen Schiffsstuhl heraus, klappte ihn auf und bat seinen Gast, Platz zu nehmen.

Erst als Jefferson saß, sah er an der Kachelwand, in einigen Reihen über der Tischplatte angebracht, zwanzig bis dreißig weiße Druckknöpfe, wie man sie an elektrischen Klingeln hat. Jeder Knopf trug eine Nummer.

»Der menschliche Körper«, fuhr jetzt der Erfinder in seinen Erklärungen fort, »bedarf zu seiner Erhaltung naturgemäß dauernd der Zuführung all der Stoffe, aus denen er besteht, und nimmt sie mit der täglichen Nahrung auf: Wasser, Kohle, Ammoniak, Kalk, Phosphor, Salze, Metalle. Aber es gibt keine Idealnahrung, keine solche also, die nur Stoffe enthielte, die der Organismus voll und ganz absorbieren könnte und die für ihn keine Gifte wären. Ein großer Teil unserer Nahrungsmittel, gleich wie sie heißen, wird, da er unbrauchbar ist, ausgeschieden, ein anderer Teil ist dem Organismus direkt schädlich.

Ich habe darum eine Mischung hergestellt, die dem Aufbau des menschlichen Körpers hundertprozentig nützlich ist und hundertprozentig aufgenommen wird; sie enthält keine Abbaugifte mehr, ist demnach wirklich eine Idealnahrung im besten Sinne. Diese breiartige Mischung ist geschmacklos. Versuchen Sie bitte, Mister Jefferson!«

Garfield hob den Deckel der Schüssel auf und schöpfte einen Teil des Inhalts, eine graue, schleimige Masse, auf den Teller.

Widerwillig nahm Jefferson ein Atom der sonderbaren Idealnahrung auf die Zunge. Sie schmeckte nach nichts.

»Vollkommen ohne Geschmack! Nicht wahr?«, nahm Garfield seine Rede wieder auf. Und als er bemerkte, dass Jefferson sich vor Ekel schüttelte, setzte er hinzu: »Glauben Sie doch nicht, dass ich verrückt bin und Sie jetzt vergifte!«

Jefferson schluckte, als handele es sich darum, ein Pfund hinunterzuwürgen.

Befriedigt klopfte ihm Garfield auf die Schulter und gab an: »Drücken Sie nun bitte auf den Knopf Nummer Eins dort über dem Tisch! Er entspricht der ersten Glasschale drüben am Sender. – Zuvor aber«, unterbrach er sich, »will ich Ihnen meinen Einheitsbrei ein wenig anwärmen, dann bekommt er ein appetitlicheres Aussehen.«

Er ergriff den Teller, trat zwei Schritte zur Seite und ließ eine kleine, dort glimmende Gasflamme hochbrennen, hielt seine Mischung darüber und setzte nach einer Minute den Teller wieder vor Jefferson hin.

Mittlerweile hatte dieser den weißen Knopf, der mit der Zahl Eins bezeichnet war, niedergedrückt, ohne dass irgendetwas Außergewöhnliches geschehen war.

»Essen Sie, Mister Jefferson!«

Jefferson überwand sich und aß.

Garfields Einheitsbrei schmeckte süß. Jefferson probierte die Knöpfe Zwei, Drei, Vier.

Der Brei schmeckte nacheinander sauer, bitter und salzig.

»Großartig!«, sagte Jefferson ehrlich überrascht.

Garfield meinte: »Die geringste Probe, Mister Jefferson! – Lege ich in die erste Glasschüssel statt des Zuckers Kaviar, dann können Sie, wenn Sie Eins drücken, stundenlang Brei essen, der genau wie Kaviar schmeckt, ohne dass der wahre Kaviar drüben in der Schüssel merklich an Volumen einbüßt.«

»Und Sie denken sich, die zukünftige Volksernährung …«

»Höchst einfach!«, unterbrach Garfield eifrig. »Man wird nur noch die gesunde, giftfreie Idealnahrung zu sich nehmen, und jedermann wird sie sich so schmecken lassen, wie er es liebt.«

Jefferson dachte über die merkwürdige Erfindung nach und überlegte das Für und Wider.

»Ist meine Erfindung nicht achtzig Millionen wert?«, fuhr plötzlich Garfield auf, und seine Augen flackerten wieder. Jefferson musste an die gesicherte Treppe denken, an die automatische Panzertür, an das dunkle Auto, das ihn hergebracht hatte.

»Was Ihre Erfindung wert ist, darf ich nicht entscheiden«, suchte er auszuweichen. »Ich kann nur Mister Careman und dem Konsortium berichten.«

Garfield lachte ihn schrill an: »Wissen Sie, Bester, dass Sie nicht eher diesen Raum verlassen werden, bis ich den Vertrag mit dem Bankers Trust in der Tasche habe? Fassen Sie Ihren Bericht hier ab, bei mir! Und schreiben Sie meinetwegen hinein, dass Mister Jefferson nur gesund zurückkehrt, wenn die Erfindung angekauft wird. Es fehlte mir gerade, dass Sie jetzt nach Hause führen und mir ein Dutzend Spitzel auf den Hals schickten.«

Jefferson zwang sich zur Ruhe und fragte: »Wollten Sie mich nicht persönlich in meine Wohnung fahren?«

»Gern, Mister Jefferson – sobald Sie mir als Vertreter Ihrer Bank achtzig Millionen Dollar anweisen!«

Jefferson schwieg und grübelte, was er tun sollte. Mochte an der Erfindung sein, was wollte, Garfield war bestimmt wahnsinnig. Sicher, Jefferson hätte den gewünschten Revers unterschreiben können; er wäre zweimal ungültig gewesen: weil Jefferson keine Vollmacht besaß, und weil die Unterschrift erpresst gewesen wäre.

Trotzdem, er wollte doch einmal sehen, wie sich diese mysteriöse Angelegenheit erledigte, wenn er dem Verlangen Garfields nicht nachkam. Mit Recht sagte er sich, dass er am Ende aller Dinge immer noch unterschreiben könne, um freizuwerden.

»Kaufen Sie meine Erfindung, Mister Jefferson?«, drängte Garfield.

»Nein!«

»Ich gebe Ihnen zwei Tage Bedenkzeit.« Garfields Stimme schrillte irr. »Sie verlassen diesen Raum nicht. Zu essen ist genug in der Schüssel. Bereiten Sie sich Ihren Brei zu, wie Sie wollen, süß oder sauer. Andere Geschmacksunterlagen habe ich im Augenblick nicht hier. Und wenn Sie sich anders besonnen haben, dann schellen Sie. Drüben, neben der Panzertür, ist die Klingel!«

Garfield sah sich um, als suche er etwas. Dann tat er eine Geste, als fiele ihm Vergessenes ein. Er ging um die Stahlkästen, blieb wie unschlüssig stehen, ging weiter.

Eine Minute lautloser Stille. Sonderbar …

Jefferson stand mit einem Ruck auf, ging quer durch den Raum.

Spurlos war der Erfinder verschwunden. Durch einen jetzt wieder unsichtbaren, geheimen Ausgang. Stunde um Stunde zerrann, die Zeit zerbröckelte.

Jefferson schritt umher wie ein gefangenes Tier im Käfig; er betrachtete die Hebel und Schalter, die Röhren und Skalen. Aber er wagte nicht, etwas anzurühren, weil er fürchtete, dass vielleicht das ganze Haus in die Luft fliegen würde, wenn er an den unrichtigen Mechanismus geriet.

Wieder sann er: unterschreiben oder nicht unterschreiben?

Was würde Garfield sagen? Es ging schließlich um die Stellung, in die er mit vieler Mühe hineingerückt war. Was tun? – Was tun?

Er rüttelte an der Panzertür, drehte am Innenschloss. Umsonst. Fenster waren nicht vorhanden. An eine Flucht war nicht zu denken.

Durch die Wände drang Kälte herein und kroch allmählich an Jefferson hoch; draußen musste es Nacht geworden sein.

Da – urplötzlich jagte ihm der Funke eines Gedankens durch das Hirn: Natürlich, natürlich – so musste es gehen! So konnte er seine Freiheit wiedergewinnen!

Gefunden! Er würde dem Kerker entrinnen in einer Weise, die den ältesten Berufsausbrecher entzückt hätte. Schon hielt er das Werkzeug in der Hand, ein unbenutztes Bleirohr von fast vier Metern Länge, in dessen eine Öffnung er sein Taschentuch klemmte. Dann schraubte er den Brenner des kleinen Gasherdes von dem Verbindungsschlauch, drehte den Hahn auf und presste den Schlauchmund fest gegen die weiße Kachelwand.

Ließ, so rechnete Jefferson, dieses angeblich von Garfield erfundene Baumaterial Luft durch, wie der Erfinder behauptet hatte und Jefferson selbst an der einströmenden Kälte merkte, dann musste es auch Leuchtgas durchlassen und mehr noch, die Kacheln mussten sich mit Gas geradezu vollsaugen.

Tatsächlich schien Jeffersons Spekulation richtig zu sein, denn obgleich er den Gasschlauch fest gegen die Wand drückte, verbreitete sich nach einer Viertelstunde schon ein intensiver Gasgeruch an dem Platz, an dem er stand.

Rasch nun schabte er mit dem Taschenmesser ein kleines Loch in eine Fuge, zündete dann das Taschentuch auf der Rohrstange an, ging hinter dem Empfängerblock in Deckung und drückte die schwelende Flamme in die gasgeschwängerte Kachelwand.

Eine ungeheure Detonation erfolgte.

Steintrümmer flogen umher, graugelber Staub wirbelte auf.

Das Gefängnis war gesprengt.

Jefferson sah hinab auf die Straße, die drei Meter tief unter der Bresche herlief, die das explodierende Gas gerissen hatte.

Der Morgen dämmerte eben.

Jefferson sprang hinab, mitten in die aufgeregte Menschenmenge, die sich bereits angesammelt hatte; er fiel dem diensttuenden Polizeimann gerade in die Arme.

Und noch während er im Begriff war, dem Hüter der Ordnung das Abenteuer zu erzählen, erschien schon droben in dem Mauerloch Garfield, in zerrissenem Nachtgewand, das Gesicht zu teuflischer Fratze verzerrt.

Unruhig, suchend, zuckte sein Kopf hin und her. Eine Hand mit gekrallten Fingern streckte er aus, dann die zweite, ein segnender Satan.

Seine Stimme schrillte: »Tod und Teufel! Jetzt fahrt ihr alle in die Hölle!« Er verschwand.

Wenn der Polizeimann bis jetzt wenig oder gar nichts begriffen hatte, nun begriff er die Gefahr, die ihm und der Menge drohte, wenn eine weitere, vielleicht noch gewaltigere Explosion erfolgen würde. Es gelang ihm wirklich, mit Hilfe des Gummiknüppels die Straße freizumachen. Drei Minuten später flog Garfields Haus in die Luft ...

Careman schüttelte missmutig den Kopf, als er Jeffersons Bericht angehört hatte.

»Ihr Ausbruch, Jefferson«, sagte er dann langsam und betont, »ist ein Husarenstück, das drüben bei Ihnen in Europa begeistert hätte. Mir, offen gestanden, wäre es lieber gewesen, Sie hätten Ihre harmlose Unterschrift gegeben und die Erfindung Garfields gerettet. – Jetzt, nachdem alles zertrümmert ist, möchte ich fast glauben, dass das Fern-Schmecken erfunden war. Seien Sie nächstens friedlicher und denken Sie weniger kompliziert!«

Falsch also dennoch! Verärgert, erbittert, wandte sich Jefferson zur Tür.

»Jefferson!«

»Mister Careman?«

»Fahren Sie morgen nach 79 in der 93sten Straße. Dort wohnt ein Samuel Beach, der wieder einmal neue Strahlen entdeckt hat. Mit diesen kann man jede Wassermenge in Sekunden zu unzerstörbarem Festkörper umwandeln. Samuel Beach macht uns aus dem Atlantik eine Zementwüste. Schauen Sie sich die Sache an, Jefferson!«

Der Höllengeiger

Wäre es Tag gewesen, als das Sonderbare geschah, so hätten wir wohl überlegen »Zufall« gedacht und wären kaum gesonnen gewesen, gleichsam geometrische Gedankenkonstruktionen ins Ungewisse hineinzulegen, die schließlich die Gestalt eines magischen Warnungszeichens annahmen.

So aber war es Nacht.

Und als du mit einer traumhaften Bewegung den Fernempfänger einschaltetest und als gerade in diesem Augenblick von irgendwoher deine Komposition – Kjuras Lied – schluchzte und brauste, sagten wir beide gleichzeitig und zweimal dasselbe Wort: »Seltsam!«

Wie dann der letzte wilde Ton verklungen war, nahmst du meine Hand wie Hilfe suchend und batest mich, die Geschichte dieses Liedes aufzuschreiben, damit Kjuras Wille erfüllt werde.

Nun ist es Tag. Die Dinge stehen nüchtern im Licht.

Ich will erzählen und nichts ändern an der sonderbaren Wahrheit als … die Namen:

– – – Walter Hennig ist der Welt als Musiker bekannt und gilt als einer der wenigen Reifen, die auf das Hinwerfen flüchtiger und fabrikationsmäßig anmutender Tonstücke verzichten; nur in seinen stillsten Stunden schöpft er, sich selbst genießend, aus eigenem Brunnen.

Seine Musik ist von einer eigenen Art, die auch der Ungeschulte leicht immer und aus allen Werken Hennigs herauszuhören vermag. Und gerade hier beginnt das Wunderliche um Kjuras Lied, denn diese Komposition passt sich der breiten, blühenden Ebene des anderen Schaffens in keiner Weise an, sondern ist wie ein Fremdkörper hineingebettet. Nicht, dass sie sich erhöhe oder umgekehrt ein Hinabgesunkenes sei – sie ist gleichwertig und dennoch vom ersten bis zum letzten Ton … anders, fremd.

Dies Lied, das vor etwa einem Jahr entstand und rasch Freunde fand, ist ohne Worte geblieben, mehrmals habe ich versucht, ihm einen Text unterzulegen – umsonst. Es spricht wortlos so viel, dass Sprache wertlos sein muss.

Da Walter Hennig nie über eine Schöpfung redet, solange sie noch Werden ist, war ich nicht verwundert, als mich vor einigen Monaten eine flüchtige Postkarte von ihm in Kenntnis setzte, dass seine symphonische Dichtung, betitelt »Kjuras Lied«, im Rahmen eines größeren Konzertes in B… zur Aufführung gelange und durch Rundfunk übertragen würde. Tag und Stunde war angegeben.

An jenem Abend war ich denn natürlich auch zu Hause, saß an der Schreibmaschine und entwarf irgendeine weder anstrengende noch aufregende Erzählung. Auf dem Tisch lag die Taschenuhr, um mir die Minute zu zeigen, in der ich den Radioempfänger einschalten musste.

Ich arbeitete wohl zwei Stunden, trocken, nüchtern, sachlich; mein Thema erlaubte weder, noch gebot es das freie und stets steigernde Ausschwingen der Phantasie und gab keinerlei Anlass zu meditierenden Betrachtungen, ließ sich vielmehr ohne Hemmnisse über die geraden Geleise logischer Folgerungen aufrollen.

Meine Uhr zeigte einige Minuten nach zehn; ich unterbrach rasch, stellte den Empfänger ein und schaltete in den Lautsprecher.

Er ließ blechernes Beifallsklatschen hören.

Gleich darauf aber, in das unruhige Stimmen der Instrumente, wurde Kjuras Lied angesagt.

Ich dämpfte das Licht, nahm Platz im Sessel. Lauschte.

Lange Zeit zitterte leise eine einzige Geige; zögernd nur und verhalten, wie ängstlich setzten die anderen Instrumente ein; ein sanftes Wiegen, durch Synkopen gemalt; hinein, mit plötzlichem Umschwung wuchtige Bassoktaven, als stoße Gewaltiges, Grausiges aus schwarzen Schächten heraus in die zurückbebende Welt armseliger Menschheit.

Ist das Walter Hennig? – Fremd ist dieses Lied, fremd, fremd.

Im langsamen Zeitmaß nun Achtelbewegungen im Viervierteltakt wie huschende, schleichende Schritte …

Und dann … der Odem stockt mir jäh, Schauder treibt mir Tränen in die Augenwinkel … dann höre ich diese tappenden, schlurfenden Schritte nicht mehr aus der Höhlung des Lautsprechers, sondern … von draußen. Von draußen, von dem langen Flur vor meiner Tür.

Und ich weiß gut, dass ich allein im Hause bin – weiß, dass ich selbst vor zwei Stunden das Portal drunten verschlossen habe.

Das Heulen und Fauchen gefesselten Sturms!

Musik? – Oder rast der Wind draußen im Flur?

Ein Tasten, Kratzen, Scharren – – – als suche eine harte, eine knöcherne Hand die Türklinke! – Musik? – Nein, nein!

Auf meiner Stirn stehen kalte Tropfen, meine Hände zittern in plötzlichem Krampf, ich fühle den Mund offen vor Entsetzen …

Da steht ein Mann in meinem Zimmer, zehn Schritte von mir entfernt.

Wie kam er herein? – Die Tür hat sich nicht geöffnet.

Wie er aussah? – Sein Gesicht? – Seine Kleidung?

Ich muss gestehen, ich weiß es nicht. Denn so zermalmt

war ich von Furcht und Grauen, dass das mechanische Werk des Eindrucksammelns mir stillestand in diesen Minuten oder in dieser einzigen Sekunde gespenstischen Geschehens.

Das Wichtigste nur blieb mir in der Erinnerung haften:

Wie der Spuk eine Geige ansetzt, wie eine durchsichtige Hand den Bogen mit herrischem Schwung über die Saiten hebt, wie es dann hinbraust – – – Kjuras Lied!

Und das geigt der Gespenstische, weiter und weiter, schneller und schneller, bis der Sang zu einem teuflischen Rasen und Tosen hinanschwillt und endlich, endlich mit einem furchtbaren Höllenschrei, der ins Herz krallt, hinunterstürzt in Nichts und Verdammnis.

Kjuras Lied – ganz wie es die Welt durch Walter Hennig kennt.

Mit dem letzten schrillen Ton versinkt der höllische Geiger.

Allein bin ich im Zimmer, in dem das Schweigen liegt wie eine körperliche Last. – Ich besinne mich. Ist der Fernempfänger tot?

Stumm. – Ich taumle hin, schaue, drehe, kopple, schalte – nichts!

Und doch – alle Röhren sind durchgebrannt.

Ich schrieb dir nicht, Walter Hennig, dass ich Kjuras Lied in der Rundfunkubertragung gehört hatte. Und ich meldete dir nichts von dem spukhaften Fiedler. – Ich nahm mir vor, nie mit dir über das sonderbare Gesicht, über das nächtliche, unverständliche Geschehen zu sprechen. Weil ich nicht wollte, dass du mich ob meiner Spuksichtigkeit verlachen solltest.

Dann aber, als wir eines Nachts wieder zusammensaßen und von den Dingen redeten, die unser schmächtiges Hirn nicht zu fassen vermag – dann aber kam – deine Beichte!

Du rangst gegen dich, Freund, ehe du deinen Worten die Schranken öffnetest. Weshalb? Weil du Spott fürchten musstest.

Dennoch, Bruchstück um Bruchstück erzählten wir uns die merkwürdigen Begebnisse; abwechselnd sprachen wir.

So erfuhrst du von dem wilden Geiger Kjura – so erfuhr ich, dass du sein Lied unter einem fremden, unbegreiflichen Zwang niedergeschrieben hast. Du warst in den kurzen Stunden, als sich in fast besinnungslosem Hinfliegen Note an Note reihte, nicht mehr du selbst. Dir war, als stände eine magische Gewalt hinter dir und singe dir, geige dir die schönen und die schrecklichen Melodien ins Ohr.

Und wie du mit jagenden Pulsen den letzten diabolischen Aufschrei, dieses Finale der Vernichtung hingeschrieben auf dein Notenblatt, da führte eine Geisterhand deine verkrampften Finger, dass sie über die Partitur in deutlichen Zeichen setzten:

»Kjuras Lied!«

Kjura? – Nie bis dahin hattest du den Namen gehört, gewusst, gedacht, geformt.

Der Geist Kjura, vielleicht ein toter Kjura, der einst auf Erden so ungehemmte Teufelsweise sang, schrieb dein Lied durch dich!

Und er wollte, dass die Welt wisse, dass es sein Lied sei – dass die Welt nicht gar glaube, dass es dein Lied sei, Walter Hennig!

Das spürtest du. – Und … ich spürte es.

Heute Nacht nun, als »zufällig« Kjuras Lied erklang, sagten wir gleichzeitig unser »Seltsam!«. Und wir nahmen es hin, wie eine drohende Warnung aus einem anderen Reich.

Und du batest mich, der Welt zu künden, dass das brausende, brandende, teuflische Lied nicht aus dir selbst wuchs, sondern aus dem fremden, gespenstischen Höllengeiger – – – Kjura.

Dein Wille und sein Wunsch, sie mögen so erfüllt sein!

Der Wolf Ota-O

Die zehn besten Hunde vor dem leichtesten Schlitten – über ihnen ohne Unterlass die sonst nie geführte Langpeitsche, hinter ihnen das scharf drohende Zischen Ojkkos – so hetzten wir in der fahlblauen Mondnacht über die schlafende Tundra.

Ich weiß nicht weshalb und weiß nicht wohin.

Seltsames geschah: Als der abendliche Schneesturm seinen ersten Boten um die Jurte pfeifen ließ, schlüpfte durch den Fellvorhang des Eingangs ein Korjakenjunge, warf ein Stück Lärchenrinde in das Feuer unter dem Kupferkessel, nannte einen Namen – verschwand. Ojkkos Weiber, die Rentierhäute geschabt hatten, ließen aufheulend die Messer fallen und krochen schreiend in die Schlafsäcke.

Ojkko selbst drückte bedächtig den Brand seiner Knochenpfeife aus, griff hinter sich und warf mir den wärmsten Bärenpelz zu, über den er verfügte. Ich verstand die stumme Aufforderung und folgte ihm, als er hinausging. Wir zerrten die Zughunde aus ihren Schneelöchern und leinten sie an; Ojkko sprach mit dem Leittier, es klang wie eine Beschwörung. Der Hund gab kurz Laut, als hätte er Sinn und Ziel der Reise begriffen.

Seitdem, seit mehr als drei Stunden, jagen wir dahin, hügelauf, hügelab – weiter, weiter.

Peitsche und Hetzruf – Weiter!

Kein Dorf, kein Haus. Hie und da ein verschneites Gebüsch, ein verkrüppelter Baum, meilenweit sonst nichts.

In die unendliche Tundra schießen wir hinein, in die klirrend kalte Nacht und in das düstere Geheimnis, das nur Ojkko kennt.

Endlich – ohne Veranlassung scheinbar – greift der Korjake nach der eisenbeschlagenen Bremsstange. Im selben Augenblick schleudert das Gefährt weit zur Seite, die Kufenstangen ächzen – der Schlitten droht zu stürzen, da stößt Ojkko die Stange ein – die Hunde überschlagen sich mit heiseren Stöhnlauten. – Ruck!

Wir halten mitten im weißen Nichts. Aber vier Schritte seitwärts, erst jetzt sehe ich das, liegt ein dunkles Bündel. Ganz fein nur überschneit.

Ojkko ist schon zwischen den Tieren und entwirrt Geschirr und Fünfklafterleine; er hebt nicht den Kopf, als er mir zuschreit: »Sieh nach, ob es ein Wolf ist!«

Mühsam strecke ich die Gelenke und tappe zu dem Bündel hin.

»Ja, es ist ein toter Wolf!«, rufe ich durch den Sturm zurück, beuge mich tiefer, um im ungewissen Licht den Einschuss zu finden. Ich fasse den starren, frostharten Körper an – nein, das ist kein Wolf. »Ojkko! – Es ist ein großer Hund, der hier liegt; er hat das Messer im Herz!«

Das Blut unter dem Kadaver ist ein roter Eisspiegel, aus dem mir das Gesicht des Mondes entgegengeistert.

»Es ist fast doch ein Wolf! – Wer hat hier solche Hunde?«

»Komm schnell, wir müssen weiter«, höre ich die Stimme des Korjaken dumpf, beklommen oder wie voller Grauen; oder graut nur mir?

Wie unser Schlitten anruckt, antwortet Ojkko: »Ugawas Hund!«

»Wer ist Ugawa?« – Die Frage zerflattert in Sturm und sausender Fahrt. Wir durchschneiden wieder die matt glitzernde Weite.

»Dort!«, brüllt Ojkko dann über die Schulter und deutet nach rechts.

Ich schnelle das Gesicht herum – im Schnee ein dunkles Bündel.

»Wieder ein Hund?«, schreie ich Ojkko ins Ohr. – Er wendet sich um, neigt sich zu mir und antwortet, grau die groben mongolischen Züge: »Ugawas Hund, Prijatel! Schau immer rechts und zähle die, die noch auf dem Wege liegen werden. Es müssen jetzt noch zwei Hände voll und vier sein!«

»Noch vierzehn? – Wer ist Ugawa, dessen sechzehn gute Hunde hier mit dem Messer im Herz in der Tundra liegen? – Wo wohnt Ugawa?«

»Zähle!«, sagt Ojkko. »Wir fahren zu Ugawa!«

Er dreht sich nach vorn, die Peitsche zischt; jok – jok – jok treibt er die Meute zu äußerster Kraftanstrengung.

Noch vierzehn starre Hundeleiber, wie Ojkko es voraussagte, zähle ich; dann knirscht die Bremsstange, Schnee wirbelt – wir halten.

Zur Linken steht ein magerer Birkenwald, der schwer an seiner Schneelast tragen muss; mir ist, als sei zwischen den hellen, verkrüppelten Stämmen ein flackernder Lichtschein; aber ich habe keine Zeit, lange hinüberzusehen, denn Ojkko drängt mit brummenden Worten; ich helfe ihm, die Hunde abhalftern, jedem Tier ein Vorderbein durch die Halsbandriemen stecken, damit es nicht weglaufen kann.

Wir waten durch den knietiefen Schnee in das Wäldchen hinein und stoßen nach hundert Schritten auf eine niedere Jurte, vor deren Tür ein Feuer brennt; dreimal umschreitet Ojkko murmelnd den brennenden Holzstoß.

»Sprich nicht, Prijatel!«, warnt er mich dann, bevor wir eintreten. »Sage kein Wort und frage nichts in Ugawas Haus, denn du würdest die Dämonen erzürnen, weil du kein Korjake bist, wenn du schweigst, merken sie es nicht. – Alles, was die Wächter um Ugawa erzählen werden, will ich dir in deiner Sprache sagen; es ist auch wegen des Kreuzes, zu dem Ugawa betete.«

In der Hütte brennt eine Tranlampe mit kränklichem, gelbem Schein.

Neben der erloschenen Feuerstelle kauern fünf in Rentierfelle vermummte Gestalten am Boden, die uns schweigend empfangen, wie wir schweigend eintreten. Sie unterbrechen nicht einmal das … Kartenspiel, an dem vier der Anwesenden beteiligt sind, während der fünfte mit geschlossenen Augen dasitzt.

Die verschmutzten Kartenblätter, die ausgespielt werden, fallen auf einen mit Sehnen verschnürten Packen aus Fellresten, Häutestücken, bunten Tuchlappen, der zwischen den Spielern liegt.

Ojkko fasst mich am Rock und zieht mich in eine Ecke, in der ein russisches Heiligenbild unter einem rohen Holzkreuz hängt; dort lassen wir uns nieder und warten stumm; ich habe keine Ahnung, was das Sonderbare um mich herum zu bedeuten hat, und bin nur neugierig, wer von den Fünfen Ugawa ist und was ihn bewog, seine Hunde zu erstechen und in die Tundra zu schleppen.

Minuten vergehen – endlich dann spricht der fünfte Mann, der keine Karte hält. Er spricht kamtschadalisch, und ich, ich verstehe kein Wort.

Aber Ojkko, mit einer Verbeugung vor dem Heiligenbild, wiederholt die Rede zu Ehren des Kreuzes, das Ugawa verehrt, auf Russisch.

»Ugawa, der große Jäger, der tausend und tausend Füchse fing in der Tundra und am Fluss, Ugawa ist tot. Er liegt in seiner Jurte, in der das Feuer ausbrannte, und sieht den Kartenspielern zu. Unter den Karten liegt Ugawa, der Fuchsjäger.«

Ein Schauer überrieselt mich – die verschnürte Packrolle, die den Spielern als Kartentisch dient, ist der Leichnam des Korjaken Ugawa.

Eine Totenwache also. Vier der Wachenden verkürzen sich die Zeit mit Kartenspiel.

Der Korjake redet weiter. Als er zu Ende ist, übersetzt Ojkko für das Heiligenbild und für mich: »Tot ist Ugawa, der große Fuchsjäger. Seine Jurte war die größte. Seine Hunde waren die schönsten. Den besten Tee bereitete Ugawa. Nie ging ihm der mandschurische, der gute Tabak aus. Auch Branntwein tranken wir bei Ugawa, so viel wir wollten. Nun ist Ugawa tot. Ota-O tötete ihn!«

Einer der Spieler ruft ein paar Worte dazwischen; der fünfte Mann nickt heftig Zustimmung, wiegt den Oberkörper hin und her, spricht weiter in singendem Tonfall – so langsam aber, dass Ojkko Satz um Satz übertragen und dem Kreuz übermitteln kann, das nach kamtschadalischer Auffassung nur die russischen Gebete versteht.

»Damals kam drüben vom Land ein Zobeljäger und trat ein in die Jurte des Birkenwaldes. Er setzte sich an das Feuer und trank Tee. Akioh reichten den Tee, denn sie war Ugawas einzige Tochter; ihre Mutter war vom Bär gefressen worden.

Akioh war vierzehn Jahre alt. Groß und kräftig. Der Fremde, der in die Jurte gekommen war, nahm sie zum Weib. Viermal die Zeit des Mondes blieb er bei ihr in Ugawas Jurte. Froh waren alle: Ugawa, Akioh und Ota-O.

Ota-O, so hieß der Fremde, ging eines Morgens aus dem Haus ohne Gruß und Abschied; alle guten Felle nahm er mit, dazu die Gewehre und Fallen. Den Schlitten auch. – Daran erkannte Ugawa das böse Herz und die Flucht, fort von Akioh und dem lebendigen Leid, das sie trug.

Ugawa suchte das stärkste Reitren aus der Herde; griff Lasso und nur das lange Messer. Ritt hinaus, der Hundespur nach.

Niemand weiß, was draußen in der Tundra geschah.

Nach zwei Tagen kehrte Ugawa zurück zu Akioh; er brachte Fallen, die Flinten, alle Felle, die Ota-O genommen hatte. Ota-O brachte er nicht mir. Einen Wolf brachte er, den er lebendig gefangen hatte, ein ganz junges Tier. – Ugawa sprach zu seiner Tochter: ›Ota-O starb, als dieser Wolf sein erstes Winseln tat; darum, Ota-Os Seele ist in diesem Wolf. Kette ihn an und lass ihn deinen Zorn kosten. Als wäre es Ota-O, der dich verließ.‹ – Das sprach Ugawa.«

Der alte Korjake schweigt; Ojkko schweigt.

Durch den Wald draußen heult die Purga; längst muss das Feuer vor der Tür überschneit und tot sein, tot wie Ugawa, tot wie Ota-O. – Wer mochte Ota-O gewesen sein? Einer der russischen Zobeljäger, die hier Abenteuer und Reichtum suchen und kein Mittel scheuen, Felle zu erbeuten? Der Name ist nicht russisch. Ein Chinese, ein Japaner, ein Koreaner vielleicht? – Wer mochte der Mann gewesen sein, den Ugawas Messer traf, dessen Seele in den jungen Wolf hinübersprang, der nun Ota-O hieß und in der Waldjurte an der Kette lag?

Und hatte nicht der Alte erzählt, dass jetzt der Wolf Ota-O den Korjaken Ugawa getötet hatte? – Seelenwanderung und Blutrache?

Lange Zeit ist Stille; der Erzähler ist ganz in sich zusammengesunken, als habe ihn das langsame Sprechen ermüdet.

Endlich richtet sich der Alte auf und fährt fort; aus Ojkkos Mund erfahre ich, was er berichtet.

»Akioh kettete den jungen Wolf Ota-O in der Jurte an, dicht bei der Feuerstelle, doch so, dass ihn die Flamme nicht fasste. Viel lustige Spiele ersann Akioh, und Zorn hatte sie nicht und keinen Hass. Eher trauerte sie um den Jäger, der nie wiederkommen würde.

Ugawa schlug den Wolf Ota-O und traf die böse Seele des Zobeljägers mit seinen Peitschenhieben, Tag um Tag. Immer dann, wenn Akioh des Wolfes Wehegeheul nicht hören konnte, weil sie weit draußen in der Tundra die Renkühe molk.

Akiohs Knabe starb bei der Geburt. Und mit ihm Akioh.

Da schlug Ugawa den Wolf Ota-O und die Seele des Jägers Stunde um Stunde und peinigte ihn.

Bis die Sommersonne wiederkehrte. Da ließ er ab von seinem Wüten gegen Ota-O und jagte den Wolf hinaus zu den Hunden, die im Wald schliefen.

Ota-O ward wie ein Hund, kläffte wie ein Hund, raufte wie ein Hund, fraß wie ein Hund, und ging vor dem Schlitten. Immer nur ihn traf Ugawas Langpeitsche.

Mit Ugawas Hunden vermischte sich Ota-O. – Das Blut, das er der Meute gab, war gut und zähe. – Aller Welpen Vater wurde der Ota-O.

Dreimal ritt die Sommersonne auf dem Wolkenren ins Meer; dreimal kehrte sie zurück. Da waren die Welpen, in denen Wolfsblut gärte, die stärksten Hunde geworden, die je ein Korjake hielt.

Aber wild waren Ugawas Hunde, wild wie die Wölfe selber.

Immer, wenn er zwischen sie trat und die Peitsche schwang, knurrten sie grimmig und sprangen gegen den Herrn an. Der lachte und schlug den Wolf Ota-O. Ota-O blieb still, lautlos ertrug er die Hiebe. Nur sein Auge glomm böse und heimtückisch; stumm war seine Wut, die ihm den Schaum über die Lefzen rinnen ließ.

Einmal dann, als Ugawas Schlitten sich verirrt hatte und endlich auch die festen Hunde nicht weiter konnten vor Hunger, erstach Ugawa den alten Wolf Ota-O und warf ihn der Meute vor: Sechzehn starke Hunde schlangen Ota-Os Leib in sich, dessen Blut in ihnen rann. Sie fraßen die Wut Ota-Os, des Wolfes, sie zerfleischten die Seele Ota-Os, des Zobeljägers, der einst von drüben kam.«

Der Alte hält ein, sinkt wie erschöpft und müde zusammen.

Ojkko, den Blick auf das Bild über ihm gerichtet, fragt: »Ist es nun so, dass gestern sechzehn starke Hunde aus dem Blut des Wolfes Ota-O ihren Herrn zerrissen haben?«

Er wendet den Kopf zu den Spielern hin und wiederholt die Frage.

Einer legt alle Karten auf das Bündel, in dem der tote Herr der Jurte ruht, und antwortet. Ojkko sagt es dem Kreuz weiter.

»Ja, so ist es! – Ugawa wollte zur Reise anspannen. Und seine Hunde weigerten den Dienst. Da ging er mit der Bremsstange gegen sie an. Die Wölfe aber, sechzehn Wölfe, wie Bären stark, warfen sich über den alten Jäger Ugawa und zerrissen ihn. – So starb Ugawa an Ota-O, dem Wolf der Tundra!«

Schweigen. Alle legen die Karten auf den Toten. Sinken in sich zusammen. Warten reglos.

Im ersten Grau des Morgens, das durch das Rauchloch scheint, erheben sich die Totenwächter, legen Feuer an die Jurte. Ich rette das bunte Heiligenbild ins Freie. Auf seiner Rückseite sind Schriftzeichen: »… der schönen, kleinen Akioh geschenkt von Michael Protassow.«

Das Wikingerschiff

»Da das Licht des Sternes, den wir kürzlich bersten sahen«, schloss der Geheimrat seinen Vortrag, »bis zur Erde Jahrtausende zu durcheilen hat, sehen wir tatsächlich, was sich, in diesem Fall, vor etwa fünfzigtausend Jahren ereignete.«

»Oder vor fünfhunderttausend«, warf unvermittelt Dr. Reiter ein.

»Sie bezweifeln die Richtigkeit unserer Berechnung?«

»Ja«, antwortete Dr. Reiter dem Gelehrten, »es gibt sicher auch in Ihrer Mathematik tückische Unbekannte, die das Resultat ändern können.«

Der Geheimrat fragte ein wenig spöttisch: »Unregelmäßige Lichtgeschwindigkeit im Äther? Oder? Nennen Sie etwas Konkretes.«

»Gern!«, sprach Dr. Reiter ruhig. »Ich erzähle ganz einfach ein Erlebnis und überlasse es dann Ihnen, mir eine wissenschaftliche Aufklärung zu geben; ich selbst stehe der Sache hilflos gegenüber.«

»Ich bitte!«, sagte der Geheimrat trocken, fast ärgerlich.

Dr. Reiter lehnte sich in den Sessel zurück und begann:

»Sie wissen, dass ich fast zehn Jahre lang in dem ungeheuren Gebiet zwischen der Hudsonbucht und den Rocky Mountains gelebt habe, in einem Land, das auch heute noch zum größten Teil unerforscht ist. Die Karten, die wir besitzen, sind billige

Täuschungen, denn die dort nach den Angaben von Eskimos und Indianern eingezeichneten Berge, Flüsse und Binnenseen hat nie ein Weißer wirklich festgestellt. In dieser Wildnis kennen sich eben nur die nomadisierenden Eingeborenen einigermaßen aus. Aber ich möchte noch weitergehen und behaupten, dass wir nicht nur geographisch über Nordkanada im Unklaren sind, sondern dass uns die unermessliche Eiswüste noch andere Geheimnisse verbirgt, die wir nicht einmal auch nur erahnen können.

Kurz also, wir sahen uns eines Tages gezwungen, mitten im Schneesturm, es war nördlich der Chesterfieldbucht, ein Notlager aufzuschlagen, weil unsere wenigen Schlittenhunde zu entkräftet waren, um weiterfahren zu können. Unsere Lebensmittelvorräte hatten sich längst erschöpft, und seit einer Woche stillten wir den schlimmsten Hunger mit halbfaulem Walrossfleisch, das eigentlich als Hundefutter mitgenommen worden war. Unsere einzige und letzte Hoffnung war, die Küste von Roes Welcome zu erreichen und dort einem Robbenfänger oder einem Walfischfänger zu begegnen, der uns nach Churchill zurückbringen würde.

Der Abend brach herein. Unsere Bemühungen, ein Schneehaus zu bauen, misslangen, denn der Neuschnee war spröde. So stellten wir in aller Eile nur einen notdürftigen Windschutz aus Eisblöcken auf, verteilten die letzten Happen Fleisch, krochen unter den Pelzen dicht zusammen und schliefen erschöpft ein.

Mit dem ersten Grau der Frühe werde ich wach und sehe, dass ich – allein bin.

Allein im Eisfeld? – Verlassen?

Wo – sind – die Hunde?

Hätte ich wenigstens einen Schlitten und die Hunde!

Schreckerfüllt springe ich hoch und – atme erleichtert auf: Die Tiere liegen abseits in einer Mulde, vollkommen eingeschneit.

Aber meine Gefährten, die beiden Kanermiut-Eskimos?

Da entdecke ich auch sie. Kniend, das Gesicht tief im Schnee vergraben, den Rücken zum Bogen gespannt, kauern sie dort reglos.

›Was ist?‹, schreie ich, aber meine Stimme ist rau und klanglos.

Tassek, der Mutigere der Kanermiut, hebt die Stirn vom Boden.

›Umjarsuak!‹, brüllt er, um sofort wieder die Augen im Schnee zu bergen. Mit zwei Sprüngen schnelle ich auf den Windschutz und reiße das Zeissglas hoch, um auszuspähen.

Rettung? – Umjarsuak? – Ein großes Schiff also? Wo denn nur? Haben wir die Küste schon erreicht? Aus welchem Grund aber dann die Angst der Eskimos?

Ich gewöhne meine Augen an die blendende Helle der Weite und schaue ostwärts. Ich schaue – und taumle zurück – und schließe die Lider und öffne sie, als könnte ich so den – Spuk vertreiben.

Träume ich denn? Bin ich von Sinnen?

Drüben ist ein Küstenstreif und – ein Schiff!

Es sitzt fest im Packeis, aber die Mannschaft – welch seltsame Mannschaft! – ist bemüht, das Fahrzeug flottzumachen.

Das Schiff aber – Grauen steigt in mir herauf und engt mir die Brust – das Schiff ist ein – Wikingerschiff! Unverkennbar einer jener normannischen ›Drachen‹, die einst den kühnen Leif hierhertrugen, der das geheimnisvolle Weinland, das rätselvolle Steinland entdeckte. – Um das Jahr Tausend!

So sehe ich durch mein Zeiss-Glas – – – tausend Jahre in die Vergangenheit zurück?! Ich versuchte, den Blick abzuwenden, meine Eskimos anzurufen. Es gelingt mir nicht. Wie von einer Starre gebannt, blicke ich hinüber zum geisterhaften Normannenschiff. Bis es zergeht wie eine Luftspiegelung.

Jetzt rüttle ich Tassek hoch und frage ihn:

›Was hast du gesehen?‹

›Umjarsuak!‹, berichtet er, grau im Gesicht. ›Man sah ein Dämonenschiff.‹

›Zeichne, was du sahst!‹

Ich reichte ihm ein Stück Kistenholz, und Tassek wirft in rohen Umrissen ein Bild hin: einen typischen normannischen Drachen. Und Aluk, der andere Kanermiut, bestätigt, noch zitternd vor Furcht, das Gleiche gesehen zu haben!«

Dr. Reiter schwieg und sah erwartungsvoll den Geheimrat an. Der warf rasch hin:

»Sinnestäuschung, infolge körperlicher Entkräftigung!«

»Nein!«, bestritt Dr. Reiter bestimmt. »Dass zwei eingeborene Jäger und ich derselben Halluzination zum Opfer gefallen sein sollen, das glaube ich nie und nimmer.«

»Und was glauben Sie, Herr Doktor?«, frage ich dazwischen.

»Nichts! – Vielleicht gibt es einen unbekannten Stoff, der Serien von Lichtstrahlen, ganze bildhafte Vorgänge also, aufsaugt oder ansaugt, die Energie in Materie verwandelt, um sie später einmal wieder als Licht und – Bild freizugeben. Denken Sie an Einfrieren und Auftauen. Vielleicht auch wirkt ein ferner Stern gleichsam als Spiegel, der durch eigene, in ihm wohnende Kräfte Strahlen und Bilder auf die Erde zurückwirft. – Ich weiß es nicht.«

»Und wie endigte das Abenteuer?«

»Höchst unromantisch!«, schloss Dr. Reiter. »Wir schlugen die Richtung ein, in der wir die gespenstische Erscheinung erblickt hatten und fanden tatsächlich die Küste von Roes Welcome. Ein paar Hunde mussten noch geopfert werden, bis uns ein Walfischfänger aufnahm. Vierzehn Tage später langten wir wohlbehalten in Churchill an.«

Unsere Blicke trafen fragend den Geheimrat. Der machte eine hilflose Geste und erhob sich stumm, um das Fenster zu öffnen.

Lange Zeit dann saßen wir und schauten stumm gegen den hellgestirnten Nachthimmel und seine tausend Wunder.

Spuk um HL 20.130

Eine seltsame Autogeschichte

Eine Stunde vor Einbruch der Nacht waren wir von einem mächtigen Wolkenbruch überrascht worden, der in kürzester Frist die Landstraße in einen Fluss verwandelte und uns zwang, die Weiterfahrt aufzugeben. In einem netten Gasthaus fanden wir Unterkunft.

Natürlich waren die Damen verstimmt und suchten bald die Zimmer auf. Wir, die wir das Unwetter verschuldet hatten, blieben.

Mit meinem Schicksalsgefährten, einem Bankdirektor Lobbars, saß ich noch einige nicht schlechte Flaschen Wein lang in der Gaststube, unterhielt mich vortrefflich mit ihm, bis dumpf eine Turmuhr Mitternacht schlug.

»Ich bin müde«, unterdrückte er ein Gähnen, »ich glaube, wir sehen noch einmal, ob die Wagen gut untergestellt sind, und verschwinden dann auch in die Federn. Kommen Sie mit?«

Ich erhob mich und schlug ihm vor: »Bleiben Sie nur. Ich bin sicherlich der jüngere von uns beiden; ich will mich schon um die Wagen kümmern.«

Er nickte und schenkte nochmals die Gläser voll.

Als ich von der Besichtigung zurückkam, sagte ich: »Die Nummer Ihres Wagens ist gefährlich, Herr Direktor. Kein Polizist wird sie vergessen. Ein merkwürdiger Zufall, gerade einen Wagen mit der Zahl 100 000 zu fahren!«

»Es ist nicht einmal ein Zufall«, erwiderte Lobbars und hielt mir sein Glas entgegen. »Setzen Sie sich noch einen Augenblick!«

»Wie?«, fragte ich. »Halten Sie vielleicht den Wagen um der hübschen glatten Nummer willen? Sind Sie abergläubisch?«

»Abergläubisch ist nicht das richtige Wort«, gab er zurück, »vorsichtig ist besser. Ich gehe gern den Dingen aus dem Weg, an denen ich mich einmal im Leben gestoßen habe. Geben Sie noch eine halbe Stunde zu?«

»Und noch eine Flasche, wenn Sie wollen?«

Der Direktor erklärte sich einverstanden. »Dafür erzähle ich Ihnen die kaum glaubliche, aber wahre Geschichte eines Autos und seiner Nummer. Eine vernünftige Erklärung der unheimlichen Geschehnisse, in deren Mittelpunkt ich so ziemlich stand, habe ich allerdings bis zu dieser Stunde nicht zu finden vermocht.«

Der Wirt stellte schmunzelnd noch eine Flasche Rüdesheimer Berg auf den sauberen Tisch. Direktor Lobbars zog die Uhr, ließ ihren Deckel aufklappen und legte sie wie zur Mahnung vor sich hin.

»Im Herbst vorigen Jahres«, begann er dann, während er an mir vorbei und zum Fenster hinaus gegen den Nachthimmel sah, »als ich noch in Norddeutschland tätig war, kaufte ich einen Sechssitzer, einen starken und rassigen Kerl von wundervollem Bau, 10/50 PS, die Karosserie weinrot mit Silber; wirklich ein Prachtstück, das sich sehen lassen konnte. Vierzehn Tage lang fuhr ich den Wagen Tag um Tag, ohne dass sich etwas Außergewöhnliches ereignet hätte.

Bis ich dann zum ersten Mal nachts unterwegs war. Meine geschäftlichen Konferenzen hatten sich bis in den Abend ausgedehnt; ich war zu müde, um noch weiterzuarbeiten, und zu erregt, um mich schon zum Schlaf niederlegen zu können. Was also gab es Besseres, als zwei oder drei Stunden in die mondhelle Landschaft hinauszupreschen? Ich nahm den Wagen selbst aus der Garage heraus, prüfte, ob er in Ordnung war, und ratterte dann schnell durch die Stadt, um die freie Straße zu gewinnen, auf der sich meine guten 50 PS austoben konnten.

Eine Stunde wohl fahre ich so dahin, ganz Genuss und Freude, wie organisch verwachsen mit meiner Maschine, die fast geräuschlos arbeitet.

Plötzlich sagt dicht an meinem Ohr eine Stimme: ›Sie müssen mir den Wagen verkaufen, in diesem Jahr noch!‹

Es reißt mir gleichsam den Kopf nach links. Instinktiv verringere ich die Geschwindigkeit, instinktiv schalte ich aus.

An meiner Seite sitzt ein wildfremder Mensch in grauem, englischem Anzug, mit einer schwarzen, jetzt grau verstaubten Melone, darunter ein zerknittertes Gesicht mit spitzer Nase und hängendem Schnurrbart.

Wie kommt der Mann in meinen Wagen?

Abwechselnd wird mir kalt und heiß, unter der Lederkappe spüre ich jedes Haar einzeln. Unterwegs kann dieser Mensch doch nicht an meine Seite geflogen sein und vorher, in der Garage … Unsinn, das, ich bin doch nicht blind.

Als der Kraftwagen steht, ist die Hälfte meines Schrecks schon zu Zorn geworden. ›Scheren Sie sich hinaus‹, knurre ich wütend meinen seltsamen Fahrgast an, ›denn dies ist nun doch das Höchstmaß aller Unverschämtheit. Seit wann sitzen Sie denn da?‹

Der Mann mit der Melone gibt keine Antwort; steif, vornübergebeugt, die Hände flach zwischen die Knie gepresst, hockt er da und starrt, ohne sich zu rühren, durch die Vorderscheibe. ›Raus!‹, schreie ich oder vielmehr will ich schreien; das Wort jedoch klafft mir auseinander und wird nur zu einem heiseren Laut neuen Entsetzens: Ist der blinde Passagier – tot?

Ein paar Sekunden zögere ich; schließlich nehme ich mich zusammen und fasse nach seinem Arm. Als hätte der Blitz neben mir eingeschlagen, zucke ich zurück – ich griff in die leere Luft; in ein Nichts. Der Platz neben mir war frei.«

Lobbars schwieg und holte Atem; umständlich, mit unsicheren Bewegungen zündete er eine Zigarre an.

»Ein Geist demnach? Ein Gespenst?«, fragte ich.

»Glauben Sie an spukhafte Dinge?«, fragte er zurück.

»Weshalb nicht?«, gestand ich. »Es gibt absonderliche Phänomene übergenug. Vom ältesten Altertum bis heute sind uns gut beglaubigte Spukfälle bekannt, die kaum als Schwindel oder Sinnestäuschung abgetan werden können. Ist der Melonenmann übrigens noch einmal aufgetaucht, um Ihr Auto zu kaufen? Hoffentlich war sein Geld nicht gespenstisch und zerging in Rauch und Dunst.«

»Hören Sie!«, fuhr Lobbars fort, nachdem er ausgetrunken hatte. »Der geisterhafte Käufer fehlte nie, wenn ich nachts mit dem weinroten Wagen fuhr. Ganz unvermittelt hörte ich dann seine Frage. Er war neben mir oder hinter mir, er saß oder stand oder kauerte in einer Ecke – bis ich zugriff; dann jedes Mal verschwand er. Ich besetzte alle Plätze im Wagen mit Bekannten, die ich natürlich nicht einweihte, schon um mich nicht auslachen zu lassen. Jetzt kam seine Stimme von rechts und erschreckte mich so, dass ich fast in den Straßengraben gesaust wäre; der Spuk stand auf dem Trittbrett, frei, ohne sich festzuhalten. Ich warf ihm einen Schraubenschlüssel ins Gesicht. Das Eisenstück ging durch den Kerl hindurch; er selbst blieb unverletzt neben mir stehen. Kurz, diese Geschichten wiederholten sich unzählige Male, bis ich mich entschloss, den schönen Wagen wirklich zu verkaufen oder umzutauschen.

Meine Freunde schüttelten den Kopf, als ich – ich weiß selbst nicht weshalb – eine entsprechende Zeitungsanzeige mit meinem vollen Namen erscheinen ließ.

Zwei Tage darauf gegen zehn Uhr vormittags meldet mir mein Prokurist mit vielsagendem Lächeln einen Herrn, der sich für das zum Verkauf stehende Auto interessiere.

›Kennen Sie ihn?‹, fragte ich.

›Nein! Aber er wird kaum abschließen.‹

›Wieso?‹

›Er sieht nicht gerade aus, als trüge er die Tausender in der Rocktasche. Ziemlich schäbiger Kunde.‹

›Vermittler?‹

›Er behauptet Nein!‹

›Bitte!‹

Und? Ich fiel beinahe vom Stuhl. In meinem nüchternen, taghellen Direktionsbüro steht im nächsten Augenblick der nächtliche Autospuk – leibhaftig und lebendig; derselbe graue, fadenscheinige Anzug, das zerfurchte Gesicht mit dem ungepflegten Schnurrbart und – damit kein Zweifel sei – in der Hand die schwarze Melone.

›Verkaufen Sie mir Ihren Wagen?‹, fragte er heiser, wie ich das von ihm gewohnt war. Ich gestehe Ihnen offen, ich bekam ein regelrechtes Angstschlottern und war nicht imstande, mich zu erheben.

›Kennen Sie denn den Wagen, den ich abstoßen will?‹, forschte ich und vergewisserte mich immer noch, ob ich nicht früh um zehn Uhr träume.

›Ja und nein!‹, kommt die krächzende Antwort. ›Sie werden mich vielleicht nicht ganz verstehen, wenn ich Ihnen erzähle, dass ich seit einigen Nächten mit einem sehr schönen weinroten Automobil spazieren fahre. Im Traum natürlich, Herr Direktor, im Traum. Oder in einem Wachtraum, einer Vision. Dieses Automobil muss ich kaufen, und zwar noch in diesem Jahr, denn ich muss doch auch vorher noch chauffieren lernen, nicht wahr?‹

›Vorher? Vor was denn?‹, falle ich ihm ins Wort. Er schrickt zusammen, schließt die Augen und reißt den Mund auf, als habe er einen heftigen Schlag gespürt. Die Melone rollt über den Teppich.

In der nächsten Sekunde aber lächelt er schon wieder, ein verlegenes, irres Gesichterschneiden. Er hebt den Hut auf und bittet: ›Zeigen Sie mir den Wagen. Ich hoffe, es ist der richtige!‹«

»Und natürlich war es der richtige«, warf ich ein und teilte den Rest der Flasche in die Gläser.

Lobbars nickte. Er strich sich mit der Hand über die Stirn, als müsse er sich auf den Fortgang seiner Geschichte besinnen.

Ein Gedanke kam mir, und ich fragte: »Wenn der spukhafte Kerl Ihren weinroten Wagen aus seinen Träumen kannte, musste er nicht auch Sie wiedererkennen, den Fahrer auf diesen billigen Spaziertouren?«

»Merkwürdigerweise nein!«, erwiderte der Bankdirektor. »Er erkannte den Wagen sofort mit allen Einzelheiten; von mir und den Bekannten, die mit uns gefahren waren, wusste er nichts. Kurz und gut, er erklärte sich bereit, das Auto zu kaufen, und zwar wollte er tausend Mark mehr zahlen, als mich selbst die Karosse gekostet hatte. Ich wies das Angebot zurück und schlug ihm vor, sich an den Händler oder das Werk direkt zu wenden und sich von dort das gleiche Modell zu beschaffen.

Er hatte wieder sein wunderlich verzerrtes Grinsen und beharrte auf seinem Wunsch, bot zum Schlusse 3000 Mark über meinen Gestehungspreis. ›Und wie zahlen Sie, wenn ich Ihnen nun tatsächlich den Wagen zum gleichen Preis, den ich angelegt habe, ablasse?‹, fragte ich. Gleichmütig griff er in die Brusttasche seines grauen Sakkos, entfaltete vor meinen Augen eine abgegriffene Brieftasche und zählte langsam und bedächtig einen Schein nach dem anderen – alles gute Tausender – auf den Werktisch, der in der Garage stand. Und ich bemerkte, dass ihm noch ein paar Scheine übrig blieben. Der Handel war abgeschlossen.«

»Aber Sie wollten mir von der Nummer erzählen«, erinnerte ich.

Lobbars trank aus, brannte noch einmal die Zigarre an.

»Sicher, und nun kommt erst das Irrsinnigste«, nahm er seine Rede wieder auf. »Hören Sie nur: Der Handel ist abgeschlossen. Der Melonenmann geht um seinen weinroten Wagen herum, bleibt am Rückschild stehen und betrachtet Kennzeichnung und Nummer: HL 20.130. ›So bald schon!‹, sagt er vor sich hin, und nochmals: ›So bald schon!‹ Ich erkundigte mich, ob er noch etwas zu wissen wünsche. ›Nein!‹, antwortet er rau. ›Ich weiß jetzt alles, mein Herr! Alles ist richtig. HL, die Anfangsbuchstaben meines Namens, Heinrich Linksky! Dann wird auch das Datum richtig sein. 20. im Ersten 30.‹

Für mich stand fest, dass der Mann wahnsinnig war; trotzdem versuchte ich die Einrede: ›HL, das Kennzeichen von Lübeck, finden Sie doch auch auf vielen anderen Wagen; außerdem passt es auch auf meinen Namen, Hans Lobbars! Und die zufällige Zahl als Datum zu lesen, das ist doch …‹

Er schneidet mir den Satz ab: ›Nichts ist Zufall, mein Herr, nichts Gesprochenes, nichts Geschriebenes, Wort und Schrift haben magische Gewalt und beherrschen uns und unser Leben weit mehr als wir wissen und glauben könnten. Dieser Wagen ist jetzt mein Wagen, sein Geschick ist meines, nicht mehr das Ihre! Denken Sie daran am 20. Jänner 30!‹

Er ging, holte am nächsten Vormittag mit Hilfe eines Chauffeurs meinen weinroten Renner. Ich habe Wagen und Käufer nie wiedergesehen.«

Neugierig fuhr es mir heraus: »Und was geschah am 20. Jänner?«

Lobbars erhob sich, steckte die Uhr ein und reckte sich.

»Am 20. Jänner 30«, sprach er mit schwankender Stimme, »raste ein weinrot lackiertes, schweres Automobil in schärfster

Gangart in der Nähe von Travemünde in die Lübecker Bucht und blieb bis heute verschwunden.«

Eine Weile war Stille in der Wirtsstube. Bis ich die letzte Frage stellte: »Glauben Sie, dass der Wagen HL 20.130 auch in die Ostsee gerast wäre, wenn Sie sein Besitzer und Fahrer gewesen wären?«

»Ja!«, sagte Direktor Lobbars und ging, ohne mir die Hand zum Abschied zu reichen.

Ich erwachte am folgenden Morgen, als drunten der Motor des Automobils ansprang, das die – vielleicht – nichts bedeutende Nummer 100 000 führte. Mein Cabriolet hat 29 998. Um diese Zeit wird mir wohl kein Unglück mehr zustoßen können …

Tapados

Die Nächte und die Schlafversuche sind kein reines Vergnügen hierzulande, denn mit der Abenddämmerung erwachen die blutdürstigen Raubtiere, gegen die mit der besten Expressbüchse nichts auszurichten ist: Flöhe, Wanzen, Stechmücken; Fliegenlarven, die sich in die Haut bohren; Ameisen mit Fresswerkzeugen scharf wie Federmesser; hundert Arten von Blutsaugern.

Und mein sogenanntes Zimmer …

Ich habe es vorgezogen, den größten Teil der Nacht in der Schankstube des ehrenwerten Enrique Cadre zuzubringen, und liege halb über dem niederen Tisch, stütze das Kinn auf die Handrücken und – gähne ab und zu mit Anstrengung. Das ist alles. Denn ich bin müde von dem tatenlosen Herumlungern tagsüber, von der feuchten Schwüle, die vom Urwald herüberweht – oder vom Maisbier oder vom Schnaps. Doch das ist gleichgültig.

Außer mir sitzen in der Kneipe noch zweimal drei Gäste. Da sind zunächst drei Mestizen aus dem nahen Santa-Cruz de la Sierra. Sie würfeln, und die Pesos, die sie am Kautschukhandel verdient haben, fliegen hin und her. In der Ecke sitzen drei Churapa-Indianer aus den noch unerforschten Wäldern von Sara; sie spielen stumm Papankosh und Pokish, und die schmierigen Centavos, die da klappern, nimmt der Wirt Cadre restlos an sich, um dafür von Zeit zu Zeit eine frische Kalabasse Mandiokabier auf den Tisch der Indios zu knallen.

In das eintönige Rauschen des Rio-Piray, der sich gleich unter dem Fenster durch das Bergland – die letzten Ausläufer der Anden in die Tiefebene Nordostboliviens – schneidet, hackt urplötzlich das scharfe Kläffen der Hunde draußen.

Mit einem sicher oft geübten Griff langt Cadre die Flinte von der Wand; die Cruzenos stellen das Würfeln ein, schielen nach der Tür und legen wie zufällig ein paar uralte Pistolen vor sich hin. Die Churapas beugen sich nieder, die Brust auf die Tischkante, und ich sehe, dass ihre langen Messer blank in den Dielen des Fußbodens stecken und darauf warten, hochgerissen zu werden.

Nur ich, ich gähne. Aber auch nur deshalb, weil mir Enrique Cadre, der seinen wahrhaftig mit ehrlicher Münze zahlenden Gast nicht verlieren will, vorsichtigerweise verschwieg, dass zwei Tage vor meiner Ankunft ein Trupp wilder Sirionos, die aus dem Dickicht am Rio-Icholo stammen mochten, die Insassen eines Bootes auf dem Piray angegriffen und einen Weißen mit Giftpfeilschüssen getötet hatten.

Eine Faust hämmert gegen die Tür.

Cadre geht in wohlberechnetem Bogen, unterwegs die Flinte entsichernd, zwischen den Tischen hindurch, das Gesicht von Spannung zur Grimasse verzerrt. Oft genug schon schoss man ungeduldig aufs Geratewohl durch die Holztüre in den Laden hinein.

Ein zweites energisches Pochen, jedoch nicht ungeduldiger als das erste. Cadre, die Rechte um den Kolbenhals, den Finger am Abzug, schiebt mit der freien linken Hand den Riegel zurück.

Das Knirschen der rostigen Angel wird übertönt von dem Gruß des späten Gastes, der ein reines, akzentloses, europäisches Spanisch spricht.

»Guten Abend, meine Herren! Ich suche Männer! In Santa-Cruz gibt es nur Feiglinge und Weiber!«

Der Wirt verbeugt sich linkisch und versucht, die Waffe hinter seinem Rücken zu verbergen. Der Fremde, ein überlegenes, beinahe verächtliches Lächeln um die bartlosen Lippen, geht ein paar Schritte in die Schankstube, sieht sich um, mustert die drei Cruzenos, mustert stumm die drei Indianer. Dann bleibt sein Blick an mir haften. Immerhin, dieses fast herausfordernde Anstarren lässt mich wach werden. Die Müdigkeit gleitet wie eine gelockerte Fessel von mir.

Mit einem Ruck stehe ich. Hinter mir poltert der Stuhl.

Der Fremde im schwarzen Schlapphut, im schwarzen, seine Gestalt verhüllenden Umhang wirft, als wolle er sich das Aufenthaltsrecht in Cadres Kneipe erkaufen, eine Handvoll Silberpesos auf die nächste Tischplatte, ohne jedoch seine Augen auch nur um den Bruchteil einer Sekunde von mir zu wenden.

Ich fühle, dass mir eine Zorneswelle Blut ins Gesicht strömt.

Aber ehe mir das richtige Wort einfällt, fragt der Schwarze: »Fürchten Sie sich vor Gespenstern, Señor?«

So seltsam die Frage ist, so selbstverständlich wirkt sie in diesem Augenblick, und von den schmalen Lippen des merkwürdigen Gastes, der aus irgendwelchen Gründen geheimnisvoll erscheinen will oder – selbst ein Gespenst ist. Dieser Gedanke funkt in mir und ich sage laut:

»Ich fürchte mich nicht einmal vor Ihnen, Señor!«

»Sie sind ein Mann, der in dieser Minute, sofort und ohne Besinnen mit mir ins Gebirge reitet und sich dazu verpflichtet, unterwegs nichts zu fragen, überhaupt nicht zu sprechen, was auch ihm begegnen möge? Ich hasse jedes Geschwätz.«

»Eine Frage nur! Was suchen Sie zur Nachtzeit in den Bergen?«

Der Mann im schwarzen Mantel wirft mir knapp und scharf ein einziges Wort hin:

»Tapados!!!«

Tapados! – Enrique Cadre schrillt einen zischenden Ruf, – reißt ihn jäh zurück, ohne aber das Aufheulen der brutalen Gier, das aus ihm klang, noch dämpfen zu können. Die Mestizen erheben sich, wie von einem Federwerk emporgeschnellt, von ihren Stühlen und blicken sich mit plötzlich rot unterlaufenen Augen an. Die langhaarigen Churapas murmeln unverständliche Laute.

Du Zauberwort Tapados!

Tapados – die vergrabenen Schätze, die unermesslichen Schätze untergegangener Völker, die kunstvollen Schätze der tausend zerstörten Tempel, die ungeheuren Schätze der göttlichen Inkas! Irgendwo müssen sie liegen, verborgen sein in den Bergen, in den undurchdringlichen Waldwüsten. Einmal doch müssen sie gefunden werden: unzählbare Goldbarren, Gefäße, Götterbilder, Zierrat, Kultgeräte, ja Gewänder und selbst Waffen und Werkzeuge aus reinem Gold!

Alle denken hier an die Tapados: die großen Herren, unbeschränkte Machthaber, Könige in ihren Gebieten, und die armseligen, halb tot geprügelten Sklaven der Gummipflanzungen.

Einmal eine winzige Sekunde Glück! Ein Zufall, ein paar Spatenstiche nur. Und schon blinkt da Gold, Gold, Gold!

Reichtum und Macht der mächtigen Inkas!

Seit vierhundert Jahren suchen die Pizarros und Almagros und ihre goldhungrigen Nachkommen die sagenhaften Schatzkammern und träumen davon Tag und Nacht. – Tapados! – Das rote, gierige Glühen, das in Cadre und seinen farbigen Gästen schwelt und mit flackernder Flamme aus den Augen herausschlägt, springt auf mich über und setzt nun mich selber in Brand. Ja, wenn der Geheimnisvolle dort im dunklen Umhang der Teufel in eigener Person wäre, ich wollte ihm folgen!

Tapados! – Ich bin ein Abenteurer, einer, der nichts zu verlieren und eine Welt zu gewinnen hat! Ich bin dabei. Teufel!

Heiser ist meine Stimme:

»Ich bin ihr Mann, Señor!«

Der Blick des Gespenstigen saugt sich noch einmal schlürfend an mein Gesicht. Ich spüre die Haut brennen, als träfe mich ein Regen ätzender Säure. Ich höre das reine, klingende Spanisch:

»Señor! – Auch dann, wenn ich noch vor Sonnenaufgang die Schätze heben wollte, die die ›Inka-Festung‹ birgt?«

El Fuerte del Inca! – Die Festung der Inkas.

Lautlos kommt Enrique Cadre näher, lautlos nähern sich die Cruzenos und die Churapas. Sie bilden in respektvoller Entfernung einen Halbkreis hinter dem Fremden. Der zuckt verächtlich mit den Schultern und schaut mich forschend an.

»Der Berg bei Samaipata, von dem Sie sprechen, Señor, ist – wenn ich gut unterrichtet bin – zwei volle Tagesreisen von hier entfernt, selbst dann, wenn man den Rio-Piray entlangreitet. – Wie wollen Sie heute Nacht noch dort hinkommen?«

Spöttisch erwidert der Unbekannte:

»Sie eignen sich nicht, Señor! Sie fragen mich zu viel!«

Ich beiße mir auf die Lippen und wiederhole:

»Ich bin ihr Mann, Señor!«

Der andere wendet sich und geht, als seien wir beide allein, dem Ausgang zu. Ich folge, zuerst zögernd, dann entschlossen und schnell.

Die Nacht ist grau vernebelt. Tief und fern hängt der Mond in dunstigem Gewölk. Kein Wind weht.

»Ich will satteln!«

Ohne den Kopf zurückzuwenden, spricht der Schatzsucher:

»Unnötig! Meine Pferde sind bereit. Kommen Sie nur!«

Seine Pferde? Ich hörte, als der Fremde kam, keinen Hufschlag. Sonderbar. Schon will meine Frage laut werden, da höre ich noch einmal das höhnische Wort von vorhin nachklingen: »Sie eignen sich nicht, Sie fragen zu viel!«

Schweigend legen wir ein kurzes Stück der Fahrstraße zurück, die nach Santa-Cruz führt; sie ist zerfurcht und holprig. Es gelingt mir nicht, dicht neben dem Spanier zu bleiben, immer wieder geht er um eines Schrittes Länge schräg vor mir, dass ich nichts von ihm sehe als Mantel und Hut. Allmählich kommt es wie eine Ernüchterung über mich; was geschieht, ist klar und durchsichtig, so gar nicht geheimnisvoll. Nur meine Phantasie malte mir Teufel und Gespenster. Mag eine fixe Idee den Spanier zur Fuerte del Inca hintreiben, mag er ein Abenteurer sein wie ich, nur heute eben vermögender, mag er ein Narr sein, der einem Hirngespinst nachrennt, – sicher ist er ein blutwarmer Mensch.

Sicher stehen seine Pferde in Santa-Cruz drunten. Denn von dort war er wohl hergekommen in die Schenke am Rio-Piray. »Nur Feiglinge und Weiber gibt es in Santa-Cruz«, hatte er behauptet.

Und dann wieder fahre ich mit beiden Händen über die Stirn, als könne ich so meine Gedanken ordnen. Vor Sonnenaufgang an der Inkafestung, die meiner Schätzung nach in etwa hundert Kilometer Entfernung von der Stadt lag? Die Strecke reiten? Es gab keine Landstraße durch das Berggebiet, das mit Urwald bedeckt und heute noch unerforscht ist. Vor Jahren machte ein Spanier den Versuch, eine direkte Verbindung zwischen Santa-Cruz de la Sierra und Cochabamba zu schaffen. Das Unternehmen misslang, España wurde von seinen eigenen Leuten ermordet. – Kannte der Mann, der so sicher vor mir herschritt, geheime Urwaldpfade, die man entlang galoppieren konnte? – Unmöglich!

Nicht fragen! Nur nicht fragen! Und warten!

Weiter! Unvermittelt dringt das leise Klirren einer Kinnkette an mein Ohr; ich halte an, lausche. Unhörbar ist der Schritt meines Führers. Aber Pferdeschnauben prustet ein paar Meter vor mir.

Als ich heran bin, sehe ich zwei starke schwarze Tiere mitten auf der Straße stehen, ungefesselt, ohne Bewachung, nur die Zügel über den Kopf geworfen.

Der Spanier springt leicht in den Sattel, schenkt mir kein Wort.

Eine Sekunde schaukle ich im Steigbügel, dann bin ich auf den zweiten Rappen geklemmt. Die Hand, die im Dunkel nach dem Zügel sucht, findet – quer vor den Sattel gelegt – einen schwarzen, weiten Mantel und einen schwarzen Schlapphut.

Nun traben zwei dunkle Gesellen in die bolivianische Finsternis. Um Kopfeslänge bleibt mein Pferd gegen das des Spaniers zurück, dass ich nichts von seinem Reiter sehe als Mantel und Hut.

Und ich wäre nicht verwundert, wenn sich die Höllenrappen plötzlich in die Luft hinaufschwängen, um mich rechtzeitig hinzutragen, zur Fuerte del Inca und zu ihren verborgenen Schätzen, den größten der Tapados.

Jedoch die Gäule sind keine Gespenster, sie traben erdenschwer durch das unwegsame Gelände …

Längst liegt Santa-Cruz de la Sierra hinter und unter uns. Wir reiten im Schritt mitten durch den Urwald, dessen Bäume nicht zu dicht stehen und nicht allzu umfangreich sind. Der Boden scheint wenig mit Unterholz bedeckt. Über uns ist das Gewirr aus Baumkronen, Lianen, Schmarotzerpflanzen aller Art: ein eng verwobenes Dach. Trotz der Dunkelheit gehen die Pferde sicher und ohne zu stocken. Es ist still. Weit drüben gurgeln ein paar Brüllaffen, Waldhühner glucksen dumpf.

Langsam nur drängen wir vorwärts. Eine Stunde ist um. Bestenfalls haben wir fünf oder sechs Kilometer gewonnen. Und der rätselhafte Berg bei Samaipata, die »Fuerte del Inca«, scheint unerreichbar. Ein Wahnsinn, den Platz vor Sonnenaufgang erreichen zu wollen. Trotz Entfernung, trotz Nacht und trotz Urwald.

Soll ich fragen? Ich knirsche die Zähne aufeinander.

So reiten wir im Walde. Überraschend geistert zwei- oder dreihundert Meter vor mir eine ruhige, silberne Helle. Wie das weithin sichtbare, flimmernde Lichtspiegeln einer nächtlichen Großstadt.

Die Sonne schon? Schlief ich? Unmöglich.

Eine Niederlassung? Das Herrenhaus einer Farm?

Oder ein Waldbrand?

Der stumme Mann, der das Inkagold in der Inkafestung sucht, reitet weiter, und der breite Schatten seines Mantels verdeckt mir das ferne Leuchten, das stärker und stärker wird.

Jetzt stutzen die Pferde, tasten noch ein paar Schritte und stehen dann gleichzeitig, wie abgedrosselte Maschinen.

Der Spanier gleitet gewandt aus dem Sattel; ich folge seinem Beispiel. Wieder gehen wir fast nebeneinander über den weichen Waldboden, ohne dass ich meines Begleiters Gesicht mit einen Blick erhasche. Die Pferde bleiben stehen, mitten im Urwald, dort wo wir absaßen. Ich bin nicht erstaunt.

Ich bin auch nicht erstaunt, als ich nach fünf Minuten feststellen kann, dass der rätselhafte Lichtschein aus den Scheinwerfern eines rassigen Kraftwagens blinkt, der fahrbereit in einer Lichtung steht. Allein. Ohne Bedienung.

Der unbekannte Zauberer lädt mich mit einer flüchtigen Handbewegung ein, Platz zu nehmen. Ich finde Decken und eine Repetierbüchse modernster Konstruktion.

Der Motor springt an. In sein leises, regelmäßiges Surren sagt der Spanier und tut damit zum ersten Mal seit unserer Abreise aus Cadres Schenke den Mund auf: »Im Falle einer Gefahr schießen Sie erst, wenn ich Ihnen die entsprechende Anweisung gebe. Schießen Sie vor allem nicht auf etwa auftauchende Sirionos, wie es sonst Landessitte ist. Wir müssen jetzt einen Umweg machen, können aber mit ungefähr fünfzig Kilometer Geschwindigkeit fahren. Allerdings haben wir vor dem Ziel noch eine Stunde wieder zu reiten. Wenn Sie schläfrig sind, Señor, nutzen Sie die Gelegenheit. Ich führe den Wagen sicher bis Samaipata.«

Sirionos in der Nähe, das ist keine Annehmlichkeit. Kein Indianer, sei er Yuracare, Guarayu oder Chaboco, kein Weißer und kein Mischling kennt die wilden, scheuen und grausamen Sirionos anders denn als Feinde. Die Aufseher in den Kautschukwäldern schießen sie nieder wie wilde Tiere. Schonung ist unbekannt.

»Wenn die Sirionos …«, setze ich nun doch zu einer Frage an. Sofort unterbricht mich der Fremde:

»Die Sirionos lassen uns in Frieden. Auch die, die vor wenigen Tagen den Haziendero drunten auf dem Piray aus dem Boot schossen.«

Jetzt verstehe ich die Vorsichtsmaßnahmen des guten Enrique Cadre und begreife nachträglich, weshalb die Pistolen der drei Cruzenos, weshalb die Messer der Churapa-Indios drunten in seiner Kneipe zum Vorschein kamen. Sirionos!

Der Wagen ruckt an und gleitet fort, als liefe er über Asphalt. Die Lichtung verbreitert sich; eine Straße taucht auf, in der Mitte zerwühlt, aber die Ränder rechts und links mit flachen Steinen belegt, fugenlos. Eine uralte Inkastraße durch die Waldberge. Das ewige Einerlei der vorbeischwimmenden Stämme lässt mich müde werden. So muss ich tatsächlich eingeschlafen sein.

Ich träume von der Festung der Inkas, dem skulptierten Berg bei Samaipata, der sein düsteres Geheimnis aus der vorspanischen Zeit starrsinnig bewahrt hat bis auf unsere Tage.

Er besteht aus losem, roten Sandstein und wäre ein Hügel wie tausend andere in dem zerklüfteten Gebirgsland, wenn nicht zahlreiche in den Fels gehauene Nischen, die aus der Ferne wie Türen und Fenster aussehen, ihn zu einem unlösbaren Rätsel machten. Außerdem ist der ganze Berg mit unverständlichen Figuren, mit Sitzen, Treppen, Bassins, alles tief ins Gestein gemeißelt, bedeckt. Tiefe Löcher führen in das Innere des Massivs; wer hineingeht, kommt nie wieder. Zur Nacht lodern blaue Feuer über der »Fuerte del Inca«, Gespenster tanzen um die Zauberzeichen, die den im Bauch des Berges verborgenen Inkaschatz bewahren, vor einer Entdeckung schützen.

So erzählen die Quichua-Indianer an den Lagerplätzen.

»Auf, Señor!«

Ich erwache. Immer noch ist Nacht. Alle Gelenke schmerzen. Der Wagen hält in einer Lichtung, die die gleiche sein könnte, aus der wir vor Stunden abgefahren sind.

»Auf, Señor! – Wir müssen vor Sonnenaufgang am Ziel sein!«

Der Spanier stampft ungeduldig mit dem Fuß auf, und zum ersten Mal sehe ich jetzt, beim Lichtschein der Scheinwerfer, dass er merkwürdig schmale und zierliche Reitschaften trägt. Er lässt mir nicht viel Zeit zum Nachdenken, zerrt den Schlag auf, schaltet das Getriebe aus, löscht die Lichter.

»Kommen Sie rasch! Drüben stehen unsere Pferde!«

Zwanzig Schritte entfernt, am Rand der Lichtung, grasen wie selbstverständlich zwei Rappen, Spiegelbilder der Tiere, die auf der Straße nach Santa-Cruz ihren Herrn erwarteten. Sind es gar, durch höllischen Zauber, dieselben?

Nein, als ich im Sattel sitze, spüre ich, dass er Gaul unter mir anders geht, dass er ein anderer ist, als der an Cadres Schenke. Kein Spuk also! Und doch eine Eigentümlichkeit: Auch jetzt bleibt mein Reittier um Kopflänge immer gegen das des Spaniers zurück. Eine wunderliche Dressur. – Und weiter reiten wir schweigend dahin, durch Schneisen und Wildpfade, durch Schluchten und Hohlwege, über schmale Grate und verkommene, elende Brücken. Weiter und weiter. – Das tiefdunkle Blau des Himmels, das sich unverhüllt über das urweltliche Land wölbt, wird zuckend heller. Ab und zu hebt mein Führer den Kopf; ich merke, dass er unruhig wird. Aber eine raschere Gangart ist hier im Geklüft unmöglich.

Die Gäule dampfen. Stumm reiten wir.

Endlich dann biegen wir in einen Fahrweg ein. Sofort gibt der Spanier Sporen und Peitsche, der Rappe braust los. Ohne mein Zutun rast mein Tier in gleichem Tempo und bleibt unverrückt wie abgezirkelt eine Kopflänge zurück neben dem anderen.

Der Weg schwingt sich durch eine Mulde und hebt sich dann einen grasbewachsenen Hügel hinauf. Droben reißt mein Führer das Pferd auf die Hinterhand. Ich jage an ihm vorbei, wende und trabe langsam zurück. Als ich bei dem Geheimnisvollen bin, senkt er tief den Kopf auf den Hals des Schwarzen. Jetzt weiß ich bestimmt, dass er mir absichtlich sein Gesicht verbirgt. Ich versuche, mich an die Züge zu erinnern, die ich im schlechten Petroleumlicht in Cadres Schenke sah. Es gelingt mir nicht, denn dort bannte mich das Funkeln der Augen wohl zu sehr.

Mein Rappe setzt sich wieder schräg neben den des seltsamen Schatzsuchers.

Der deutet nach Osten; dort rötet sich die Linie zwischen Berggrat und Himmel.

»Sehen Sie den gezackten Fels auf der Kuppe?«

»Ja, Señor, er sieht aus wie eine Hand mit hochgerecktem Zeigefinger«, erkläre ich.

»Beobachten Sie mit mir den ersten Schatten, den der Zeigefinger auf die ›Fuerte del Inca‹ werfen wird, wenn die Sonne aufgeht. – Wenn ich den Tag richtig berechnet habe, zeigt uns die Spitze dieses Schattens die richtige Tür, die in die Fuerte hineinführt, in die Fuerte und zu den Tapados der Inkas!«

War ich denn blind? Nun erst sehe ich, dass gleich an den Hügel, auf dessen Höhe wir halten, der geheimnisvolle skulptierte Berg, die Festung der Inkas, anstößt. Lange wandert mein Schauen über die Nischen, die Tore und Fenster und Schießscharten und Basteien, die Gruben, die wassergefüllten Weiher, die geometrischen Zeichnungen, die sich tiefschwarz aus der Dämmerung des beginnenden Morgens herausheben.

Der erste rot-goldene Sonnenstrahl! Scharf liegt der graue Schatten der geballten Felshand, der Schatten des Zeigefingers auf der flachen Kuppe des skulptierten Rätselberges.

»Verfolgen Sie den Weg der Fingerspitze!«, sagt der Spanier.

Der Schatten der steinernen Fingerspitze liegt in dem quadratischen See, dessen Bassin von Menschenhand in den Rücken der »Fuerte del Inca« geschlagen sein muss.

Die Sonne steigt und wandert. Die Landschaft wird hellklar.

Der Schatten färbt sich dunkler und wandert seine eigene Bahn.

Das Herz stockt mir. Die Fingerspitze zeichnet genau eine der unverständlichen geometrischen Figuren nach, die in den roten Sand gefurcht sind. Tiefer wandert der Schatten, tiefer über Basteien und Treppen.

Jetzt fällt die schwarze Fingerspitze in die Nische einer Tür. – Der Jahrhunderte gesuchte Eingang? – Gefunden?

Tapados! – Tapados!

»Los!«

Leder knarrt, eine Peitsche pfeift. Wir jagen den Hügel hinab, preschen durch das flache Tälchen und fegen die »Fuerte del Inca« hinauf. Zielpunkt ist die schwarze Schatten-Fingerspitze und die entdeckte Tür.

»Absitzen!«, schreit der Spanier.

Wie Bälle federn wir gleichzeitig aus den Sätteln. Stapfen durch das hohe Gras, stürzen, raffen uns hoch, stützen uns gegenseitig wie gute Freunde, Gleichberechtigte, Schicksalsgenossen. Die Hand des Spaniers ist schmal und kühl, so kühl und so schmal. – Die Tür! Zwei Meter breit, vier Meter hoch, eine Armlänge tief als Nische in den Fels gehauen. Eine Nische, nichts als eine Nische, ein einziges Stück Stein – nie doch ein Tor, das sich öffnen kann.

Die schwarze Fingerspitze liegt an meinen Schuhen.

Rot und heiß flammt die Sonne in die Nische hinein, die Hitze fängt sich dort in der Enge, in der die Nacht Kühle ließ. Vielleicht ist das eine Erklärung, eine nüchterne, europäische Erklärung, eine schulmäßige – Untersekunda oder Quinta; Hitze dehnt die Körper aus, Kälte zieht sie zusammen. Alles ist einfach und verständlich. O Europa und du, Quinta, du allein schon nüchtern machende!

Die Rückwand der Nische weicht vor unseren Augen zurück in den Berg, in die »Fuerte del Inca«. Die Tür ist auf!

Und der Spanier und ich, zwei Männer in schwarzen Mänteln, werfen uns geradezu hinein in das Gold der göttlichen Inkas.

Der spitze Kegel eines Taschenlampenlichts zischt in die finsteren Eingeweide des übertölpelten Berges. Glatte, feuchte Wände, Fratzen ringsum von Menschenhand geschaffen.

Der Spanier einen Schritt vor mir. – Dann ist irgendwo hinter uns leises, feines Singen, ein Singen wie zartes Glas unter einem Geigenbogen.

Der Spanier fährt herum, streift mit einer hurtigen Geste den Hut zurück: Eine Frau!

Eine Frau, deren dunkle Augen starr sind in grausigem Entsetzen. – Entsetzen? – Was denn? Was denn nur?

Ah – fürchten Sie sich vor Gespenstern, Señora? – Sie? – Sind Sie doch mehr Weib noch als Mann?

Entsetzen?

»Hinaus!!!«, gellt mich der bleiche, verzerrte Mund an. Und noch einmal »Hinaus!!!«

Befehl? Hier in der Schatzkammer der Inkas?

Wer bist du, geheimnisvolle Señora, die du selbst die wildesten Sirionos beherrschst?

Bin ich dein Sklave, Señora? Hast du mich gedungen? Wann zahltest du meinen Preis? – »Hinaus! Hinaus, Señor, wenn Sie Ihr Leben lieben!«

Vor meinen Augen funkelt der Lauf einer Pistole.

Ich höre meine Zähne mahlen, aber – ich weiche zurück.

»Madre de Dios!«, sagt die blasse Señora. »Schnell, die Tür schließt sich!«

Ich Narr! Ich Narr! Jetzt erst begreife ich die Gefahr, das Singen hinter uns, das gläserne Singen.

Hinaus! Jeder Blutstropfen schreit: Hinaus!

Das Mädchen taumelt, stürzt! Ich greife in den schwarzen Mantel, schleife die Leblose hinter mir her …

Klingen, Klingen, gläsernes Klingen …

Ein Spalt nur noch.

Ich zwänge mich durch, zerschürfe mir die Hände, das Gesicht, zerreiße den Mantel.

Die Tür schließt sich ohne Laut.

Im Schatzhaus der Inkas, mitten in den goldenen Tapados blieb die bewusstlose Señora liegen, die ich noch gestern Abend für einen Teufel hielt und die mir jetzt zum Engel, zum Schutzengel wurde. Den Fetzen ihres schwarzen Mantels, den meine Finger umkrallen, küsse ich …

Umsonst jeder Versuch, die Felsentür wieder zu öffnen. Ein einziger, fugenloser Steinblock steht da, mit einer Nische, einer Nische nur, und keine Tür. Eine Stunde lang rase ich gegen den erbarmungslosen, roten Sandstein; meine Finger bluten. Halb irr suche ich die Pferde, finde sie, reite hinunter in das Nest Samaipata, um Hilfe zu holen, Leute, Männer, Werkzeuge. Man lacht mich aus. Der alte Mestize, der des Dorfes Vorsteher ist, droht, mich Narren einsperren zu lassen. Ich warte den nächsten Morgen ab, den übernächsten. Die Sonne geht auf. Aber die Fingerspitze zeigt nicht mehr auf die »richtige Tür« – der rechte Tag ist vorüber, wann kommt er wieder?

Die, die es weiß, liegt im Rätselberg bei Samaipata begraben!

Der Schlossenrufer

Auf den Pessimisten Häher, der über uns in der Eichenkrone warnend krächzte, flötete drüben vom Buchenschlag her die Amsel ein lautes Spottlied. Müder, lasser Abendwind zerstäubte den Rauch meines Feuers.

»Ich kann sie doch nicht anfassen!«, sagte naserümpfend Llo, und ließ die Ameise, die im Neuland des Seidenstrumpfes Abenteuer suchte, auf ein Weißdornblatt krabbeln, das dann zum Segelflugzeug für das Tierchen wurde. Nach der Tat puderte sich Llo, richtete die Dauerwellen, polierte behelfsmäßig den Daumennagel rechts am Handballen links und gestand voll Zuversicht: »Du, ich hab jetzt einen richtigen Hunger!«

»Gedulde dich ein paar Minuten«, bat ich, während ich kochendes Bachwasser durch ein Leinentuch filtrierte, »dafür wirst du reich belohnt, denn es gibt heute Abend zum Tee Strohkartoffeln mit Butter. Fein!«

Llo schüttelte den Blondkopf: »Strohkartoffeln mit Butter? Unmöglich!«

»Was nennst du Strohkartoffeln?«, erkundigte ich mich ahnungsvoll.

»Strohkartoffeln? – Na, doch so ganz dünne Pommes frites!«

»Liebes Kind, hier im Wald und auf der Heide sind Strohkartoffeln gewöhnliche Erdäpfel, die ohne jede Zutat, nur mit leicht feuchtem Stroh umwickelt, ins glühende Holzfeuer gelegt werden und da trocken durchrösten. Im besten Hotel gibt's keine bessere Zubereitung!«

»Hm!«, sagte Llo, aber ehe der Zweifel Rede wurde, der auf der vorgeschobenen Oberlippe deutlich geschrieben stand, tönte eine brüchige Stimme hinter uns zu Frage und Bitte auf: »Krieg' ich 'ne Kartoffel, wenn sie fertig sind, Meister?«

Statt eines Schreckensschreis bemerkte Llo kühl: »Diese Frechheit!«

Ich wandte mich um, winkte den arg Abgerissenen, der bis dahin wohl im dichten Unterholz geschlafen hatte, heran: »Komm und hol' sie dir!«

»Leo!« – Llo machte eine Runzelstirn, richtete die Dauerwellen zum andern Mal.

Das war nötig. Denn der Gast trug Frack und Lackschuhe, dazu allerdings schwarz-weiß gewürfelte Reithosen und darüber Koppel mit Brotbeutel, weiter ein grünes, ziemlich offenes Hemd. Das Gesicht bestand aus Bartstoppeln vorjährigen Wachstums, einer mageren Nase mit Sattelrücken, wasserhellen Augen hinter verquollenen Lidern. Die Stirn lag schon unter der grau durchwirkten Decke des zerwühlten Haares.

Unschlüssig oder zweifelnd am Ernst meiner Einladung kauerte er sich sechs Schritte entfernt von uns ins Gebüsch nieder, beäugte abwechselnd Llo, mich und wieder sich selber und seinen Anzug. Vergleichend wohl.

»Geh doch her!«, rief ich ihn an. »Und setz' dich. Kannst mit uns essen!«

Llo murrte einen Einwand, zog die Mundwinkel ein, strich den Rock über die Knie, als jetzt der Waldläufer dicht am Feuer Platz nahm und sofort die rissigen Hände gegen die Wärme der Lohe hielt, während hungrige Blicke über die Schätze gingen, die aus meinem Rucksack hervorquollen.

Er räusperte sich ein paar Mal, nestelte mit einem Schielen gegen Llo am Kragenbund des verwaschenen Hemdes, setzte auch zu einem Wort an, schwieg aber schließlich doch, sog nur das gute Düftchen ein, das aus den gar gerösteten Kartoffeln hochging.

»Riecht doch fein, was?«, half ich ihm. Er nickte; und erst nach langem Besinnen, als sei er der Sprache so sehr entwöhnt, dass er sie mühsam zuerst im Gedächtnis ausgraben müsse, antwortete er: »Fein und … warm! Ist noch kein Sommer, der Boden ist noch kalt. Die heiße Mahlzeit wird mir nichts schaden. Wird aber auch nicht lange nutzen. Wenn nachher das Wetter niedergeht, werd' ich wieder nass und frier' bis zum Morgen. In der ganzen Gegend gibt's kein Dach für unsereinen; man sollt' einen Pelz auf'm Leib haben, grad wie Has' und Fuchs. Wär' viel einfacher!«

»Was meint er?«, fragte Llo. »Es soll ein Wetter geben heute Nacht?«

Der Mann im uralten Frack gab selbst die Antwort, seltsam genug: »Ja, es muss gegen die Frühe schwer herunterkommen, die Bäume ducken sich schon!«

Unwillkürlich hob ich die Augen nach den Wipfeln hin.

»Die Bäume ducken sich? – Woran siehst du das?«

»Ich seh's! Aber nicht jeder sieht das! – Die Bäume, die auf der Höhe hier, die wissen, wenn schlecht' Wetter kommt – lang vorher schon – und richten sich danach. Oh, die Bäume wissen viel mehr. Haben Sie auch nie gesehen, dass ganz plötzlich einmal alle Vögel kreischend aus einem Baum fortflogen, scheinbar ohne Grund? Und dass viel später der Blitz just in diesen Baum schlug? – Nicht die Vögel ahnen die Gefahr. Der Baum kennt sie und … schickt die Vögel weg. Er sagt es ihnen rechtzeitig. Bäume können sprechen – ja, sie können sprechen!«

»Und woher weißt du das alles so sicher?«, stellte ich ihm eine Falle. »Reden die Bäume etwa mitunter auch mit dir? Wie lange bist du denn schon im Wald, dass du dich so wunderbar auskennst?«

»Ich bin immer im Wald gewesen« – er lachte trocken auf – »oder die Landstraß' gelaufen. Aber heutzutag', die vielen Autos und der Staub, das ist ungesund! – Da ist der Wald besser – ich bleib' lieber hier!«

»Und unterhältst dich so hin und wieder mit den Bäumen?«

Er schüttelte den Kopf: »So ist das nun doch nicht, Meister! – Nein, nur ein einzig Mal, im vorigen Jahr, so um diese Zeit, da hat … ein Apfelbaum zu mir gesprochen und hat mir … hat mir …«

Mitten im Satz brach er ab, scheuerte mit dem Handrücken das Kinn, fuhr fort: »Sie verstehn's doch nicht, glauben's auch nicht! Sie sind zu viel aus der Stadt, kennen zu wenig den Wald!«

Llo rückte beunruhigt auf der Decke hin und her, sah bedenklich drein.

Ich wandte mich an den sonderbaren Gesellen: »Trotzdem sind unsere Kartoffeln gut geraten, denk' ich!« – Mit dem Schürstock klaubte ich ein paar schwarz umkrustete Knollen aus der Glut, die aus grauen Nissen Wohlgeruch dampften. – »Greif zu! – Und erzähl' mir auch die Geschichte von deinem Apfelbaum. So sehr, wie du meinst, bin ich gar nicht aus der Stadt. Ein bisschen bin ich schon hier zu Haus, und im Herbst kannst du wahrscheinlich noch einiges von mir lernen. – Erzähl' also!«

Während ich ihm so zuredete, hatte er mit bloßen Fingern eine der glühheißen Kartoffeln genommen, hatte sie aufgebrochen; nun grub er unbeherrscht die starken, gelben Zähne gierig in das Weiße, in das Mehlige, in das Warme, Nahrhafte hinein, schlürfte, schluckte, schlürfte, kaute, kaute und kaute nun, kaute und hatte dicke Tränen in den Augen.

Und Llo, blass plötzlich bis in die Lippen, Llo richtete sich auf den Knien hoch, starrte diesen Hungrigen an, wie die furchtbare Erscheinung einer anderen Erde. Llo griff mit langsamer, nicht klar bewusster Bewegung neben sich in den vollen

Bauch des Rucksacks, raffte zusammen, was sie an Essvorräten fassen konnte, reichte es wie bittend dem Zerlumpten hinüber. Der nahm, den Mund weit offen, wie zu einem Schrei, die unerwartete, die unfassbar reiche Gabe entgegen und fiel dann gleichsam über seinem eigenen Schoß zusammen, der die Kostbarkeiten barg.

Stumme Minuten gingen an uns vorüber, unbeachtet.

Llo war zu mir gekommen, saß angelehnt an meine Schulter, zitterte. Sie hatte wohl nie vorher Hunger so gesehen.

»Erzähl' deine Geschichte!«, bat ich noch einmal. »Und vergiss auch das Essen nicht! – Eine Tasse Tee bekommst du aber auch noch!«

Er hob den Kopf, sagte nach einer Weile: »Ich will dir von dem Apfelbaum erzählen – ja! – Du wirst die Geschichte glauben können, sicher! – Und das Fräulein – oder ist's deine Frau schon? – wird sie auch glauben!«

Llo lächelte, als sie das »du« meines hungrigen Freundes hörte.

Der biss abwechselnd in Brot, Mettwurst und Kartoffel, und sprach:

»Ja, der Tag damals war überhaupt so komisch. Komisch, das ist so, was einem nicht unter den Hut gehen will. Wenn man zufällig einen hat. – Es ist ein Sonntag gewesen, vielleicht mein Geburtstag; ich weiß das nicht, denn die Papiere, die ich für den Landjäger hab, sind gar nicht meine richtigen. Aber das tut ja niemand weh. – Sonntag, ja! – Die Bauern kamen aus der Kirche und schwätzten lange herum; das ist die beste Gelegenheit, sich nach Brot umzusehen. Die, die zu Hause Ordnung schaffen müssen und nicht in die Kirche gehen können, geben gern einem armen Mann ein Stück mehr. – Ach ja, und nachmittags lief dem Wirt das Schwein fort, ein fettes, altes Schwein; ich half ihm es wieder einfangen. Er gab mir einen großen Schnaps als Lohn, und ich trank ihn halt, weil ich ihn nicht abweisen mochte. Schnaps vertrag' ich nicht, er macht mich viel zu müde. Ich hab wohl auch einen zu schwachen Magen. – Der Tag war heiß damals, viel zu heiß für die Jahreszeit. Die Luft unten im Dorf war gar nicht gut. Und ich brauch' immer gute Luft, das ist für unsereinen das Beste und das Billigste. – Ich ging gegen Abend den Berg hinauf. Und da oben, ganz auf der Kuppe, und ganz allein, stand ein Apfelbaum und blühte. Er war krumm im Stamm und verknorrt, die Äste waren schwach, aber er blühte. Er hatte am meisten Sonne da oben, und natürlich auch am meisten Sturm. So war er aufgewachsen, so war er gewöhnt zu leben, zu blühen und seine Äpfel reifen zu lassen. – Unter diesen zähen Apfelbaum hab ich mich dann hingelegt, um auszuruhen.«

Ich reichte ihm einen Becher Tee, den er in einem Zug austrank.

»Besser als Schnaps!«, meinte er, lachte unvermittelt laut und deutete auf Llo, die einer Strohkartoffel mit dem Alpakabesteck zu Leibe ging.

»Und unter dem Apfelbaum bist du dann eingeschlafen«, schob ich ihn wieder auf das Geleise seiner Erzählung, halb enttäuscht schon im Voraus von der Traumgeschichte, die ich nur noch erwarten konnte. Aber er sagte:

»Müde war ich ja, aber eingeschlafen bin ich nicht. Ganz gewiss nicht. Ich war hellwach und guckte in den Himmel, der dunkelblau war bis hinten wieder, und der langsam nur ins Graue verblasste, dass auch die geringen Sterne durchdringen konnten.

Da, wie ich so dalag und gar nichts dachte, sagte jemand hinter mir: ›Es wird gefährlich schlossen heut' Nacht! Bring' dich in Obdach! Und sag am Hang den Süßäpfeln, dass das Wetter kommt. Ruf: Skarpeskuri!‹

Ich bin aufgefahren, hab mich umgesehen: Niemand war da. Die Kuppe war ganz zu überblicken, war glattes Ackerland mit schmalen Wiesensäumen, und trug keinen Baum außer dem einsamen, unter dem ich lag. Ich horchte. Es war auch windstill, von fern konnte die Stimme nicht gekommen sein. – Ich stand auf, lief närrisch herum wie eine Feldmaus, fand nichts. – Und da, ja da glaubte ich auch, ich hätte vielleicht geträumt. Auch an den Schnaps hab ich gedacht, den ich nicht vertragen kann.

Und ich hab mich wieder hingelegt. Lag auch eine Viertelstunde oder länger, da kam's zum zweiten Mal wie eine Stimme zu mir und sagte wieder:

›Lauf! Such' dir ein Dach! Es schlosst bald! Ruf' bei den Süßäpfeln drunten am Hang: Skarpeskuri! Skarpeskuri!‹

Da, ja, da hab ich mein Herz klopfen gehört und bin fortgegangen, die Höhe quer hinüber und auf der anderen Seite talwärts. Und von oben schon sah ich, dass der ganze Hang dicht mit blühenden Süßapfelbäumen bestanden war. – Weißt du was? – Ich bin gelaufen wie nie – damals!«

»Und du meinst, der Apfelbaum, wie ein Wetterwart auf der Höhe, habe zu dir gesprochen und dir den Auftrag gegeben, die Bäume im Tal zu warnen?«, warf ich ein und zweifelte sehr an diesem phantastischen Bericht.

»Wie hättest du dir denn eine Stimme erklärt, wenn weit und breit niemand war? – Und glaubst du, ein Mensch hätte mir, mir geraten, ein Obdach zu suchen vor dem Unwetter? – Das schon kann nur der Baum gewesen sein!« – Die Stimme klang jetzt sicher, nicht mehr müde und brüchig.

»Was ist das: Schlossen und skarpeskuri oder so?«, fragte Llo.

»Schlossen ist hageln, Kleines!«, konnte ich erklären. »Skarpeskuri ist wohl die Geheimsprache der Apfelbäume. – Oder weißt du es?«

»Nein!«, sagte der Unrasierte, nachdem er das rohe Ei ausgetrunken hatte. »Einmal bin ich mit Zigeunern gereist, zwei

Wochen. – Die wussten viele Sprachen und viele Worte mit Zaubereien, an die ich gar nicht recht glauben kann. Die Zigeuner hab ich gefragt. Skarpeskuri kannten sie nicht.«

»Du hast dich vielleicht verhört!«

»Nein! – Denn es war richtig. – Höre nur zu! – Also ich lief den Hang hinunter zwischen den Bäumen umher und schrie, wie ein Kind, das spielt, mein Skarpeskuri, skarpeskuri – skarpeskuri! – Es geschah gar nichts – aber mir wurd' leichter ums Herz. – Von einem Wetter war zu dieser Stunde noch nichts zu merken. Trotzdem stieg ich in eine Werkzeugbaracke ein, die noch vom Straßenbau da war. Da legte ich mich beruhigt in die Ecke und schlief auch fest. – Schlief, bis mich gegen Morgen der schrecklichste Hagelschlag weckte, den ich je erlebt habe.

Die Schlossen waren wie Spatzeneier und schlugen ein Fenster der Baracke ein, so schmiss der Sturm sie von der Höhe herunter. Das halbe Dach über mir flog fort. – Es war das böseste Wetter, das die Gegend seit Jahrzehnten heimgesucht hat! – Glaubst du jetzt, dass der Apfelbaum zu mir gesprochen hatte?«

»Beinahe!«, gab ich zu. »Aber dein Skarpeskuri? – Was nutzte das?«

»Hör' zu!« – Der Bärtige neigte sich zu mir herüber, als habe er mir ein Geheimnis anzuvertrauen. – »Hör' zu!«, flüsterte er, die Hand um den Mund gebogen. »Die Süßapfelbäume am Hang, denen ich die Schlossen angesagt hatte mit Skarpeskuri, die haben unter dem Hagel nicht gelitten. – Die ganze Blüte meilenweit ist vom Wetter zusammengeschlagen worden – so, dass die Ernte schlecht wurde zum Herbst. – Und nur die Bäume, die ich gewarnt habe und die, die oben auf der Höhe standen, haben weiter geblüht, als sei kein Hagelschlag gewesen. – Nämlich, nicht eine Blüte ist abgeschlagen worden, trotz der Spatzeneier!«

»Du erzählst Märchen, Kamerad!«, sagte ich trüb. »Das Wunder gibt's nicht!«

»Ich hab ja gewusst, dass du mir nicht glauben kannst; ich will dir es erklären, so wie ich es mir ausgedacht habe. – Wenn so ein Baum es rechtzeitig weiß, dass Schlossensturm kommt, dann nimmt er – möcht' ich sagen – alle Kraft zusammen, genau wie ein Mensch in Gefahr, genau wie ein Hase, hinter dem der Hund jagt; dann wachsen die Kräfte über sich selber hinaus. – So ein Baum, der früh genug das Wetter ahnt, schickt all seine Kraft hinauf in die Blütenstiele, in die Blütenblätter, macht sie hart und prall mit Saft, macht sie zäh und stark, biegt sie in der Windrichtung ab, dass die Schlossen drüber hinweggleiten. – Warum soll das nicht so sein? – Und die Bäume auf der Höhe – wie die es wissen, das ist ein Geheimnis. – Sagt man nicht, Ratten laufen im Abfahrtshafen von einem Schiff, das auf dem Meere untergeht? – Was ist das, Ahnung der Gefahr, dieses Vorfühlen, das auch im Tier sein kann, im Hund, eh' der Herr krank wird, im Menschen, wenn ein Unheil nahe ist. – Weshalb nicht im lebendigen Baum? – Lebt er nicht, atmet er nicht wie du und ich? – Und trägt Früchte …?«

Sein Blick schoss wie ein Pfeil auf Llo hin, strich über sie; dann schwieg der Philosoph des Waldes, als hätte ein schmerzlicher Gedanke die eifervolle Rede jäh wie mit einem Beilhieb durchschlagen.

Zwei Minuten saßen wir regungslos. – Dann auf einmal stopfte der Schlossenrufer hastig seine Schätze in den Brotbeutel, sprang auf und schickte sich zum Gehen an.

»Deine Erzählung ist aus?«, fragte ich, um etwas zu sagen zum Abschied.

»Nein!«, hörte ich ihn hart zu mir heruntersagen. »Noch eines: Die Süßäpfel am Hang, die in der Blüte dies Schlossenwetter überlebt hatten, waren im Herbst … nicht süß – sie waren lass … denn sie hatten – so erklär' ich mir das! – ihre Kraft, die Süße, bei jener Abwehr überanstrengt und verbraucht. – Und das ist mir der beste Beweis für meine dumme

Meinung von der Sache. – Hab Dank auch! – Und bleibt nicht im Wald heut' Nacht! – Es wird gegen Morgen schlossen! Die Bäume stehen geduckt herum und warten! – Guten Abend!«

Das Unterholz knackte – der wunderliche Schlossenrufer war untergetaucht in seinem Wald.

»Phantastischer Landstreicher, der arme Kerl!«, sagte Llo und fing an, zu packen.

Ich löschte das Feuer, rollte Decken und Mäntel.

Und sagte noch, was mir plötzlich, ganz plötzlich einfiel:

»Seltsam, Kind! – Seltsam doch! – Ein Landstreicher, der immer im Wald war und auf der Landstraße, woher hat er das Wort: Skarpeskuri? – Denn nun weiß ich, dass es nichts anderes heißen kann als ›*scârpe scûri*‹, scharfe Schauer! – Glaubst du, dass dieser Mensch, der hier bei uns saß, je ein Wort althochdeutsch gelesen hat? – Eher kann ich glauben, dass die Bäume die Sprache der Ahnen sprechen, wie vor tausend Jahren! – Nun komm, lass uns laufen!«

Wir fanden ein Gasthaus im Dorf, das uns aufnahm, obgleich es tiefe Nacht war, als wir hinkamen.

Mit dem ersten Grau der Frühe prasselten scharfe Hagelschauer gegen die Fenster …

Lijssa tho Doel

»Bitte, nehmen Sie Platz!«, bot mir Dr. Oswald Penck einen Sessel an, der dicht beim Fenster stand; ohne Pause fuhr er fort: »Gestatten Sie, dass ich selbst während der Erklärungen, die ich Ihnen zu geben habe, im Zimmer auf und ab gehe; ich bin tatsächlich zu nervös, um lange sitzen zu können. – Zudem – ich bedaure das sehr! – ist meine Zeit knapp, weil ich schon in einer halben Stunde draußen in der Fabrik zu einer Beratung verlangt werde, die ich nicht versäumen darf. Es gilt … zu retten, was noch zu retten ist. Kurz, nur für Sie bestimmt: Die Chemischen Werke L. & O. Penck befinden sich in finanziellen Schwierigkeiten. Mein Bruder Ludwig, der kaufmännische Leiter des Unternehmens, starb im Vorjahr; ich selbst habe keine kaufmännischen Talente; ich bin nur Chemiker; ein paar ungünstige Abschlüsse, es ging rasch bergab, wir stehen vor dem Zusammenbruch; und ich muss um jeden Preis Geld schaffen, um die Penck-Werke zu sanieren und um meiner Frau, die gesundheitlich gar nicht auf der Höhe ist, die Folgen einer von außen her kommenden Zwangsregelung fernzuhalten. Ich muss ein außergewöhnlich großes Opfer bringen, ich muss … Lijssa tho Doel verkaufen!«

»Verzeihen Sie!«, wandte ich ein. »Sie sagten mir am Fernsprecher, dass Sie die Herausgabe einer Werbebroschüre planten und mich mit der Abfassung betrauen wollten. Verwechseln Sie mich nicht etwa mit …?«

»Nein!«, unterbrach er mich. »Es liegt keine Verwechslung vor. Der Auftrag zur Textierung einer Werbeschrift war ein Vorwand; jedenfalls war er verfrüht – vielleicht später. – Aber ich konnte Ihnen am Telefon nicht sagen, um was es sich in Wirklichkeit handelt: Um eine Begutachtung der Lijssa tho Doel, um eine Schätzung, möglicherweise um eine Vermittlung.«

»Ich verstehe nicht, ich bin weder …«

Wieder unterbrach er mich, jetzt ungeduldig und fast schroff: »Sie sind weder ein amtlicher Experte noch ein Makler, ich weiß das wohl. – Bitte, hören Sie mich an! Sie werden sehr bald verstehen, weshalb ich gerade Sie hergebeten habe. – Darf ich sprechen?«

»Bitte, Herr Doktor!«

Er nickte, wie sich selber zustimmend, begann unvermittelt mit kleinen hastigen Schritten über den Axminster hin- und herzulaufen. Erst nach geraumer Zeit fand er den Anfang seiner Rede, sprach nun stoßweise, nervös, sich oft unterbrechend, wie gehetzt. Die Stimme stieg und fiel.

»Mein ältester Bruder Friedrich Karl ging vor acht Jahren etwa nach Südamerika in den Strombereich des Amazonas. Er suchte vielleicht die Schätze der Inkas, vielleicht unentdeckte Rassen, die weißen Indios vielleicht, möglicherweise auch nur einen seltsamen Fisch oder eine bestimmte Käferart. Seine letzte Nachricht kam vor ungefähr drei Jahren an mich. Ein kleines Paket, das ein Diamantenwäscher Calado in Leopoldina, einem Nest am Araguaya, aufgegeben hatte. Drin lag eine blecherne Zigarettenschachtel, innen aber sorgfältig mit Rinde ausgekleidet und mit einem dunkelgrünen Pulver gefüllt. Fein wie Mehl. Um die Blechdose war ein Brief gefaltet, ohne Anrede, ohne Unterschrift, ja ohne ein Grußwort, ohne eine Frage. Nur dies stand in dem Schreiben: Vorsicht, das grüne Pulver ist giftig! – Ein Indiostamm, der an einem namenlosen Fluss wohnt und nie bisher einen Weißen sah, besitzt eine große Menge dieses Giftes und bewacht es Tag und Nacht in einem ausgehöhlten Baumstamm mitten im Dorf. Nur im äußersten Notfall werden geringe Mengen verwendet. Wer unrechtmäßigerweise auch nur eine Messerspitze voll entwendet, wird erschlagen – denn das grüne Mehl ist die Stärke des Stammes: Der Krieger, der ein Atom auf die Zungenspitze legt, entdeckt auf Meilen im Umkreis jeden nahenden Feind. Das Wie ist unklar. Gesicht, Gehör, Geruch werden offenbar nicht geschärft, wohl aber ein anderer Sinn, der nicht begrifflich festzulegen ist. Nur bei Insekten findet man noch solche Fernwirkungssinne, ohne sie erklären zu können. Trotzdem, es könnte auch im Menschen ein im Lauf seiner Entwicklung verkümmertes Organ vorhanden sein, das mit Hilfe des geheimnisvollen Pulvers zur Leistung angeregt würde. Soweit die Mitteilungen meines Bruders, der mich bat, mit den Hilfsmitteln moderner Wissenschaft das rätselhafte Gift zu analysieren, seine Zusammensetzung zu bestimmen.

Ich bilde mir ein, ein ordentlicher Chemiker zu sein. Aber vor diesem grünen Zeug versagte meine Kunst, es war gar nicht zu zerlegen, es verbrannte nicht, es schmolz nicht, es widerstand allen Säuren; es wahrte sein Geheimnis.

Eines Nachmittags dann, im Sommer, überfiel mich ein Gedanke: Wenn die Indios am Amazonas dem guten Friedrich Karl ein Märchen erzählt hätten! Lag etwas näher, als einen Versuch anzustellen? – Schädlich war die Substanz wohl nur in größeren Mengen. Ich zögerte nicht lange … nahm ein Stäubchen des Wunderpulvers auf die Zunge.

Zuerst geschah nichts. Ich verstärkte die Dosis. Es geschah immer noch nichts. – Ich schloss das Laboratorium, um nach Hause zu gehen und Friedrich Karl zu schreiben, dass ihn seine Indios wohl zum Besten hielten. Ich war auf der Treppe, da … rief eine Frau!

Eine Frau rief? – Niemand konnte im Gebäude sein, nach sechs Uhr. Und eine Frau rief? – Ich hörte eine helle, klingende

Stimme, eine wunderschöne Stimme, ich hörte sie deutlich, aber ich verstand nicht, was sie rief. – Schon wollte ich umkehren, oben doch nachzusehen … da fiel mir … das grüne Pulver ein. War das seine Wirkung? – Hörte ich jetzt … ja, was denn … wen denn?

Ich rannte die Treppe hinab, schellte dem Pförtner. ›Hören Sie jemand rufen?‹, fragte ich den Angestellten. Er schaute mich mit bedenklicher Miene an. – Nein, er höre nichts, gestand er.

Ich ging. – Und die Frau rief. – Rief mich! – Ich verstand ihren Ruf nicht, aber ich wusste, dass sie rief, um mich zu ihr hinzuleiten!

Allmählich packte mich Angst. – Wie lange mochte die Wirksamkeit des grünen Giftes anhalten? – Würde ich … Zeit meines Lebens vielleicht die Frau rufen hören … wer war sie, was wollte sie von mir? Und wenn sie immer rufen würde, und ich fände sie nicht – dies ferne Rufen auf die Dauer musste den Verstand verwirren.

Fünf lange Tage, fünf unerträgliche Nächte hindurch rief mich eine Frau! – Ich suchte Schutz, Erlösung beim Arzt; keiner konnte helfen; sie rieten Nervenheilanstalt, Reise weit fort. – Ich fuhr – ein Versuch – in den Schwarzwald. Die Frau rief. Der Ruf ward zum Schrei, der in den Nächten gellte, sich spitz überschlug. – Ich war schon wahnsinnig, oder ich wurde es in Kürze. Plötzlich dann, nachts, flammte die Erleuchtung in mir: Ich würde die Frau suchen müssen, die mich rief!!!

Von der Sekunde an wurde die Stimme mir Wegweiser! Sie klang freudig, wenn ich der Ruferin zustrebte, – tönte ängstlich, weinerlich, wenn ich die falsche Richtung einschlug. Aber es vergingen drei Wochen, bis ich … die Frau fand. In einem kleinen Städtchen an der Mosel!«

Dr. Penck blieb vor mir stehen, schaute mich durchdringend an, fragte:

»Können Sie glauben, was ich erzählt habe?«

Ich bejahte.

»Ich dachte es mir«, sagte er wie zu sich, »Sie würden es wenigstens glauben können! – Wissen Sie jetzt, weshalb ich Sie herbat?«

Ich nickte stumm, vermied es, ihn anzusehen.

Gleich darauf ging er wieder seinen Pendelweg von Wand zu Wand. »In einem kleinen Moselstädtchen fand ich Lijssa tho Doel – Wie? – Ich taumelte geradezu, soviel jauchzendes Entzücken hörte ich im lockenden Ruf! – in einen unscheinbaren Kunsthändlerladen, der in einer engen, gewinkelten Gasse vegetierte. Wie in einer Trance, wie in einem Wachtraum schritt ich auf ein altes, dunkles, schlechtes Bild zu, das dort in einer düsteren Nische hing – hakte es von der Wand … Und das magische Rufen erlosch mit einem Laut höchster Wonne!

Der Händler verlangte ein paar Mark für die ›Grablegung auf Holz gemalt‹ – ich zahlte rasch, trug meinen Schatz fort, als hätte ich ihn gestohlen. Im Hotel warf ich mich auf das Bett, schlief sofort ein, zum ersten Mal wieder ruhig und gesund seit einem Monat, schlief viele Stunden lang ungestört. Erst am nächsten Tag in der Frühe erwachte ich, – das Bild lag neben mir. – Und wieder, wie unter fremdem, unerklärlichem Zwang, zog ich die Nägel aus dem wurmstichigen Rahmen … die alte Rückwand löste sich und gab – auf der Gegenseite der ›Grablegung‹ – das Bild der Lijssa tho Doel frei! Ein Bild hatte mich gerufen! – Ein sehr altes Meisterbild!«

Dr. Oswald Penck schnellte, als habe er eine Last von sich geworfen, den Kopf hoch und fragte noch einmal: »Können Sie das glauben?«

»Ja!«, gab ich zu und log nicht.

»Dann, bitte, kommen Sie! – Ich will Ihnen Lijssa tho Doel zeigen!«

Ich erhob mich, folgte ihm. – Wir verließen das Zimmer, überquerten einen Flur, traten in einen Raum wie in einen Würfel und wie in eine Fülle matten Goldes: Die Wände waren goldfarben, die Decke, der Teppich, goldgelb floss das Tageslicht herein. – Nichts enthielt das Gemach als jenes Bild der Lijssa tho Doel … Stumm stand ich da, atemlos.

War denn das nicht die Eva des Jan van Eyck vom Genter Altar, dieser schönste und heiligste Frauenakt, der jemals gemalt worden ist?

Dies Relief der Erscheinung, diese Beseelung des Leibes, die Trefflichkeit des Lichts, diese unglaubliche Leuchtkraft der Farben, – das größte, das Fruchtbarkeitswunder in der kristallreinsten Darstellung! Und doch, diese Frau dort war noch schöner als die Eva am Genter Altar, sie war weniger herb, sie war lieblicher … jünger vielleicht nur, – wahrscheinlich eine nur – ideale Schöpfung, aus dem Inneren des Träumens, des Wünschens heraus geboren.

Ganz leise, als hätte er den Weg meines Denkens erfasst, sagte Penck:

»Sie hat gelebt! – Sie ist keine Eva, soll keine allegorische Figur sein … ist nichts als … Porträt, das Porträt der Lijssa tho Doel; unten links steht ihr Name.

Und nicht Jan van Eyck hat sie gemalt, sondern ein größerer noch als er – den man für den kleineren hält, weil man ihn nicht kennt – der größere der Brüder, der des jüngeren Jan Lehrmeister war – – – der größte Maler überhaupt, dass die Inschrift am Altar Wahrheit ist: ›*maior quo nemo repertus*[1]‹!

Lijssa tho Doel, außer der Maria des Altars der einzige Hubert van Eyck!

Treten Sie näher, das Bild ist signiert: Hubert van Bruegg – die Eycks nannten sich hin und wieder ›von Brügge‹.

Kein Irrtum ist möglich, durch ein Wunder besitze ich den einzigen Akt, den vielleicht Hubert van Eyck je geschaffen hat.

[1] Der größte, der sich je fand.

Aber … Sie wissen, ich muss diese Lijssa tho Doel verkaufen. Nicht um der Penck-Werke willen – sondern um … meiner Frau willen, die nie in Not geraten darf.

Hören Sie! – Meine Frau, die ich ein Jahr nach den Geschehnissen um jenes Bild kennenlernte, ist … halten Sie mich nicht für einen Narren! … ist die Wiedergeburt der Lijssa tho Doel, sie muss es sein; vor einem Jahr, vor der Geburt des Kindes, war Eva Penck und Lijssa bis in miniaturfeine Details dieselbe Frau! Das zweite Wunder!

Weiter! – Die Gesundheit meiner Frau lässt zu wünschen übrig, seit … das Kind starb. – Sie glaubt, dies Bild sei tatsächlich ihr eigenes Porträt! – Verstehen Sie nun ganz meine Not?!

Das Opfer, das ich ihr bringe, muss ich ihr verschweigen; ich muss ihr den leeren Raum unzugänglich machen. Sie würde den Verkauf nicht begreifen … nie, nie überwinden!

Kurz, ich habe nicht die Zeit … nicht den Mut, die notwendigen Unterhandlungen wegen der Unterbringung des Gemäldes zu führen. – Und darum bitte ich Sie, alles Erforderliche zu veranlassen. Ich bin bereit, Ihnen jede Vollmacht zu erteilen.«

Eine Weile war Stille. Lijssa tho Doel schaute mich an.

Langsam nur fand ich zu sachlichem Überlegen zurück. Kein Sachverständiger würde an die Entdeckungsgeschichte des Hubert van Eyck glauben können; sicher, zuerst würde man von einer Fälschung reden.

»Kann Ihr Herr Bruder über die Wirkung des Pulvers …?«

Dr. Pencks Hand schnitt scharf durch die Luft.

»Mein Bruder ist länger denn Jahresfrist im Urwald verschollen; vielleicht haben die Indio den Diebstahl der grünen Substanz gerächt. Was ich davon besaß, liegt längst auf dem Grund des Rheins!«

Ich wollte eine zweite Frage tun, da warf mich ein Aufschrei herum … ich prallte zurück vor der jungen Frau, die lautlos in den goldfarbenen Raum zu uns getreten war, prallte zurück vor dieser ... Lijssa tho Doel.

Ihre Augen, starr und voll seltsamen Glühens, wanderten über mich – über Penck – über die Wände – über das Porträt.

Eine feine Stimme zitterte: »Du hast diesem Fremden mich so gezeigt, Oswald?!«

»Aber Eva!«, hauchte Penck, wollte den Arm um sie legen. Doch sie schrie plötzlich gellend auf, warf die Arme hoch und ... stürzte davon, lief durch den Flur ... eine Tür schlug zu, ein Schlüssel knackte im Schloss.

»Ich danke Ihnen einstweilen!«, sagte Dr. Penck, stand mitten im Raum wie gerädert. Einmal noch umfasste ich andächtig das Wunder mit allem Sehen, dann verließ ich das Haus.

In der Nacht zerstörte Eva Penck das Bild der Lijssa tho Doel – am nächsten Morgen überführte man die Kranke in die Heilanstalt.

Die Chemischen Werke L. & O. Penck gerieten vier Wochen später in Konkurs – das Haus des Dr. Penck kam unter den Hammer ...

Das Ausgeh-Herz

Unbegreiflich, was mit mir geschah!

Genau doch erinnerte ich mich, dass ich bis nach Mitternacht gearbeitet hatte, dann zu Bett gegangen war. – Sehr rasch, ganz wie gewöhnlich, musste ich wohl eingeschlafen sein …

Und nun, nun schleppte man mich auf einer Tragbahre anscheinend – oder war es gar mein Bett? – durch diese eisige Kälte, die schmerzhaft an mir entlangstrich wie scharfer Nordost.

Weshalb trug man mich fort? Und, wenn es durchaus nötig war, weshalb deckte man mich nicht wenigstens warm zu? Ich konnte mir ja den … Tod …

Den … Tod holen? War ich etwa tot? Hielt man mich für tot?

Ich erschrak und das Herz stand … ja, aber mein Herz stand doch überhaupt still, es klopfte nicht mehr … das Blut zog nicht mehr durch die Adern. Ich atmete ja auch nicht mehr …

So war ich denn wirklich tot? Nein, denn ich dachte doch! Ich fühlte doch am ganzen Körper diese, diese … Todeskälte. Also doch?

Und noch einmal: Nein! Nur gelähmt war ich, ich hörte nichts, sah nichts. Aber ich fühlte, fühlte die Kälte, fühlte das Schwanken der Bahre.

Wohin nur, wohin …?

Lange Stunden trug man mich so, weiter und immer weiter. Allmählich aber ließ dann die Kälte nach, und langsam wurde es wärmer um mich; und jetzt war mir, als sei die Bahre ein wenig nach vorn herunter geneigt, so, als trüge man mich in einen Keller, in die Erde hinab.

In das Grab?! – – – Ich verlor das Bewusstsein …

Diese tiefe Stimme, die mich weckte, sagte laut und klar, dass ich die Buchstaben des Namens vor mir zu sehen glaubte: »Kolchiki! – Dr. Kolchiki!«

Ich konnte wieder hören. Ein heftiger Schmerz an der linken Brust ließ mich im Zusammenschrecken die Lider aufschnellen: Nun sah ich auch. Ein kleines weißes Zimmer, das bebrillte Gesicht des Arztes und die seltsame überlange Injektionsspritze in der dürren Hand.

Mit einer Stimme, die von weit herkam, fragte ich, wo ich sei.

»Sie sind gestorben, oben, amtlich!«, sagte der Dr. Kolchiki. »Aber ich habe Sie in mein ›Haus der Zeitlosen‹ aufgenommen, habe Ihr Herz nach meiner Spezialmethode wieder in Bewegung gesetzt und darf Sie jetzt bitten, sich ein paar Stunden gut auszuruhen. Gegen Abend operiere ich Sie dann und schalte Sie im Pumpensaal ein. Die Hausordnung – da drüben unter Glas – können Sie inzwischen durchlesen; sie gibt Ihnen alle Aufklärungen.«

Er verbeugte sich leicht, ging hinaus, drehte draußen den Schlüssel.

Ich rieb mir die Stirn, versuchte zu denken, mich zurechtzufinden, all das Merkwürdige um mich zu begreifen: Dr. Kolchiki – amtlich gestorben – Herz in Bewegung gesetzt – Operation – Pumpensaal. Was bedeutete das? Und: Hausordnung im »Haus der Zeitlosen«? Ich erhob mich, mühsam, tappte schwer hinüber an die Wand, las:

1. In das »Haus der Zeitlosen« werden nur solche männlichen Personen aufgenommen, die am echten Herzschlag (Lähmung der Herzmuskulatur infolge Mangels an chemischem Betriebsstoff) gestorben sind; Wiederbelebungsversuch erfolgt kostenlos.

2. Der Aufgenommene wird – ebenfalls kostenlos – nach dem Verfahren Kolchiki behandelt und an die gemeinsame Herzpumpe angeschlossen, die alle Insassen des Hauses mit dem lebensnotwendigen Nährblut versorgt. (Tarif RX)

3. Jeder Insasse ist verpflichtet, sich beruflich produktiv zu betätigen und wird nach Massgabe seiner Leistungen entlohnt.

4. Der Betrieb im Pumpensaal und das Verhalten der Insassen werden gemäss Sonderverordnung PO ständig überwacht.

5. Verstösse gegen die Ordnung des Hauses werden geahndet: a) durch Geldbussen, b) durch Entziehung der Ausgeh-Erlaubnis auf die Dauer von 1 Jahr bis zu 50 Jahren.

6. Ausgang (einmal im Monat) wird gestattet, sofern die erforderliche Anzahl von Ausgeh-Herzen zur Verfügung steht.

7. Die Kündigungsfrist beträgt 25 Jahre.

Ich las und las, wischte mir über die Augen, las wieder und las.

Es war nicht zu fassen: An Herzschlag Gestorbene werden wiederbelebt, durch Nährblut am Leben erhalten, arbeiten hier, zeitlos? Ewig? Sie dürfen – ausgehen? Wohin? Zu den wahrlebendigen Menschen? Und … Ausgeh-Herz? Eine Maschine, ein künstliches Herz?

Aber was sollte mir das alles? Ich lebte doch, lebte doch, wollte gar nicht von diesem Dr. Kolchiki behandelt werden, ich wollte hinauf ins Licht, zu den lebendigen Menschen, nicht in einen Pumpensaal, ich wollte zu meiner … Frau, die mich tot glaubte!

Ich lebte doch! Wer wollte mich halten? Der Dr. Kolchiki? Hatte er nicht die Tür verschlossen? Ich stürzte hin, rüttelte, warf mich gegen das Holz, stemmte mich gegen die Füllung, raste und tobte, schrie, schrie, schrie! Umsonst. Und dann spürte ich, dass mein Herz unregelmäßig schlug, stockte, leiser klopfte und leiser, natürlich, die Injektion »chemischen Betriebsstoffs« war genau dosiert, und sicher war kein Mensch sicherer gefangen als ich.

Unter Kolchikis Messer fand ich mich wieder, auf dem Operationstisch, einen Schirm zwischen Kopf und Brust.

»Bleiben Sie ganz ruhig!«, hörte ich die dunkle Stimme. »Aufregung schadet dem Organismus. Fürchten Sie nichts, die Schmerzen sind gering. Natürlich muss ich das Herz entfernen. In die Adern werden gegabelte Gewinde eingesetzt, jeder Ast verschließbar, damit beim Umschalten kein Blut verloren wird. In ein Gewinde an jeder Ader passt die entsprechende Zu- oder Ableitung der Großpumpe, die die Arbeit von 500 Herzen spielend leistet, im Augenblick aber nur 300 Anschlüsse hat. 300 Gestorbene und doch Lebende sind an die Maschine angeschlossen, die selbstständig ein Einheitsblut liefert, in das auf chemischem Wege alle erforderlichen Nährstoffe eingeführt werden. Unsere Zeitlosen benötigen also Magen und Darm nicht mehr, die übrigens nach zehn Jahren verkümmert sind. Die Umstellung in der Ernährungsweise verursacht kaum Beschwerden.«

Kolchiki operierte, ich spürte kaum etwas davon. Ich fragte: »Und was ist ein Ausgeh-Herz?«

»Ihr Herz, das ich jetzt herausnehme, wird Ausgeh-Herz. Einmal im Monat dürfen Sie an die Oberwelt, dazu muss ich Ihnen ein richtiges Menschenherz einsetzen, das genau zwölf Stunden lang funktioniert. Diese Herzen verbrauchen sich rasch, denn sie werden ja andauernd ausgewechselt und nacheinander von den Insassen des Hauses getragen. Im Augenblick sind fünf Ausgeh-Herzen im Betrieb für 300 Mann einmal im Monat zu je 12 Stunden, Tag- und Nachturlaub nach Wahl!«

»In solchem Urlaub erscheint demnach der Verstorbene wieder unter den Lebenden droben. Führt das nicht ...«

»Nein!«, unterbrach mich Kolchiki. »Es führt zu nichts, denn ich trage Sorge dafür, dass niemand in einer Gegend erscheint, in der ein Mensch ihn wiedererkennen würde. Außerdem sind zwölf Stunden kurz genug.«

»Kommen denn alle ins Haus der Zeitlosen zurück?«

»Weitaus die meisten natürlich! Bleibt einer länger als die erlaubte Zeit, dann setzt das Herz einfach aus, er stirbt wieder. Wenn ich es rechtzeitig erfahre, hole ich ihn zurück und lasse ihn zur Strafe zwanzig oder dreißig Jahre lang nicht aus dem Pumpenverband heraus!«

»Und wie lange ... lebt man im Pumpenverband?«, stöhnte ich schwach.

Dr. Kolchiki antwortete: »Solange man will. Das Nährblut lässt kein Altern des Körpers zu. Man lebt ewig, wenn man arbeiten will!«

»Arbeiten? Was geschieht mit dem Produzierten?«

»Die Produktion wird verkauft, an den Verbraucher gebracht, wie jede andere menschliche Arbeit auch. Wir haben droben ein Warenhaus zum Beispiel!«

»Das hilft mir wenig!«, gestand ich trüb. »Ich bin Schriftsteller!«

»O weh!«, meinte auch der Doktor. »Da werden Sie hart arbeiten müssen, wenn Sie mit Anstand Ihren Unterhalt bei uns verdienen wollen!«

Eine Schwäche übermannte mich – wahrscheinlich hatte Kolchiki das Herz von mir gelöst.

Ich saß im Pumpensaal, verbunden mit der riesigen Maschine, die das nährende Blut durch die dreihundert Körper der Hausinsassen trieb; ich arbeitete. Rechts von mir saß ein Schuster, links von mir ein Buchbinder, jeder stumm bei seiner Arbeit, lebendige Gestorbene. Stunde um Stunde, Tag um Tag, Woche um Woche, mit wenig Schlafpausen nur, schrieb ich. Aber ich dachte an nichts anderes als an Flucht.

Wenn der Ausgeh-Tag käme …

Der kam. Dr. Kolchiki schaltete mich aus der Pumpe, fuhr mich zur Seite, drückte mir die Augen zu, ich versank.

Dann wieder die weckende Stimme: »Zwölf Stunden Nachtausgang! Viel Vergnügen! Aber nicht verspäten! Übrigens ein Zufall, Sie haben für heute gerade Ihr eigenes Herz erwischt! Schonen Sie es nur!«

Wie in einem Fahrstuhl surrte ich hinauf, zwei Minuten lang – ein Ruck, ein kalter Luftzug – ein Aufatmen … ich stand in einer mir gänzlich fremden Straße.

Gestorben, tot! Und nun zwölf Stunden ein lebendiger Mensch wieder! Nun? – Nach Hause! Nach Hause! Den Weg finden! Ich musste den Weg finden! Es konnte ja nicht weit sein bis … zu ihr, zu meiner kleinen, kleinen Frau, die um mich weinte, weinte …

Ich lief, ich rannte, raste. Zwölf Stunden hielt mein Herz es doch aus, mein eigenes gutes Herz! Laufen, immer weiter! Stunde um Stunde, aus der fremden Stadt heraus, quer übers Feld, ein Stück Wald, und weiter ein Dorf. Hunde heulten auf – weiter nur und weiter!

Wie im Wahnsinn stürzte ich vorwärts und vorwärts, Fieber brauste in mir, schüttelte mich, Angst keimte auf, dass ich die Richtung verlieren könnte, die mir der Glaube an das Wunder wies.

Und der Himmel begann grau zu werden. Da sah ich die Stadt – die Straßen – das Haus.

Die Türen waren weit offen, als erwarteten sie mich. Da war die Treppe, da war der Flur, da war das Arbeitszimmer, da war mein Schlafzimmer, da war … das Bett, in dem … ich gestorben war.

Ich warf mich hinein in dieses Bett, mich zu bergen, zu verbergen! Und mit dem letzten Atemzug, der mir verblieb, schrie ich – wie ein Kind nach der Mutter – den Namen meiner Frau …

»Ja, Lieber!«, sagte sie. »Ich bin hier! Wie fühlst du dich?«

»Wie viel Uhr ist es? Um acht Uhr muss ich doch wieder …«

»Nein, du musst nur liegen bleiben und gesund werden! Was machst du mir aber auch für Dummheiten?«

»Dummheiten, Kleines? Ich bin doch … gestorben?«

»Ach nein, du bist nicht gestorben! Aber du hast noch Fieber!«

»Fieber? Was ist denn mit mir?«

»Bleib ruhig, die Gefahr ist vorüber! Du hattest dich richtig vergiftet, Lieber, eine ›Kolchizin-Vergiftung‹!«

»Kolchizin? Kolchiki, Kolchiki? Der Doktor! – Was ist das?«

»Kolchizin ist das Gift der ›Zeitlosen‹, der Herbstzeitlosen; es bringt Lähmungswirkungen am Rückenmark, kolikartige Erscheinungen an Magen und Darm, Muskelschwäche, Fieberphantasien, Herzbeschwerden, Irresehen!«

»Aber wie komme ich zu dieser Kolchizinvergiftung?«

»Die alte verstaubte Flasche, die du aus dem Keller brachtest …«

»… hatte kein Etikett mehr, das Weinchen war zu drei Viertel eingetrocknet, schmeckte aber noch fein!«

»Und doch war es ein uralter Rest solchen Gichtmittels, Vinum Cholchici, von deiner Urgroßmutter vielleicht noch, konzentriert infolge der Verdunstung. Um ein Uhr trankst du den ›guten Rest‹, um sechs Uhr früh setzte die Wirkung ein. Drei Tage lagst du ohne Bewusstsein! Nun ruhe!«

Treibhaus des Grauens

Hätte mich, als ich vor Monaten in die Pampa Rassa hinausritt, der Konsul nicht ernstlich vor dieser »Hazienda des Teufels« gewarnt, hätte er mir nicht noch dazu den besorgten Rat gegeben, ein Zusammentreffen mit Don Luis Colome nach Möglichkeit zu vermeiden, vielleicht wäre ich an der Siedlung des »Satansnarren« – wie ihn heimlich die Caboclos nannten – vorübergezogen, ohne sie auch nur gesehen zu haben. Denn sie lag einsam noch in dieser Einsamkeit, versteckt zwischen Steppe und Urwald; kein Pfad führte zu ihr hin.

So aber trieb mich Neugier und Abenteuerlust geradewegs mitten hinein in den Wahnsinn dieser Hölle.

»Trinken Sie, Señor! – Trinken macht fröhlich!«, sagte, durch die Zähne krächzend, Don Luis; seine Mundwinkel, in harten Falten tief heruntergezogen, blieben unbewegt. Wie eine rote, wulstige Muschel hing die Unterlippe vor.

Ich nickte zustimmend und führte, wenn auch schon beinahe widerwillig, den ungefügen Becher aus sorgsam poliertem, feuerfarbenem Brasilholz zum Mund, um an dem süßlichen, längst warm gewordenen Maisbier zu schlucken. Viel lieber hätte ich auf jedes Weiterzechen Verzicht geleistet und wäre auf meine Matte gekrochen. Das aber wäre einer Beleidigung des Gastgebers gleichbedeutend gewesen; zudem gebot das böse Funkeln in Don Luis' Augen äußerste Vorsicht.

Der zweite Chichakrug war geleert, und ich erwartete nun, dass der Haziendero sein Trinkgefäß wieder dem wollköpfigen Mulatten in das schwarze Gesicht werfen würde, was in Don Luis' Zeichensprache hieß, dass ein neuer Tonbottich mit Maisbier heranzuschleppen sei.

Doch diesmal hatte ich mich getäuscht.

»Die Chicha widersteht Ihnen, Señor!«, meinte der Farmer und schleuderte mit einem Fußtritt den leeren Krug in die Ecke. »Sie ist auch schlecht. Früher, als noch die alten Indioweiber den Mais ordentlich zerkauten, war mehr Stärke in dem Zeug. Aber heute? Das braune Wasser des Río Mamoré ist besser. – Habakuk!«

Der Mulatte trabte eilig heran, hielt sich aber in einiger Entfernung.

»Neue Becher!«, befahl Don Luis. »Und dann die große Kalebasse aus dem Tigerkeller!«

Habakuk bewegte diensteifrig die kurzen, dünnen Beine, um das Bestellte zu holen.

»Trinken Sie jetzt endlich aus, Señor!«, knurrte der Haziendero. »Es gibt etwas Anderes, etwas Besseres!«

Schon böser Ahnung voll, leerte ich den Rest und versuchte, um abzulenken, ein Gespräch über Sitten und Gebräuche der Urwaldindianer anzuknüpfen, um derentwegen ich ja eigentlich in der Wildnis umherirrte. Doch Don Luis gab nur kurze und, wie mir schien, vorsichtige Auskünfte, wie er überhaupt offenbar eine Unterhaltung nicht liebte, die sich mit diesen geheimnisvollen Dingen befasste.

Der Mulatte kehrte zurück und stellte die Kalebasse aus dem Tigerkeller neben den Eichenholztisch; mit flinken Fingern setzte er frische Becher vor uns hin.

Don Luis warf einen prüfenden Blick umher und verabschiedete Habakuk mit dem üblichen freundschaftlichen Tritt.

Meine Besorgnis hatte ihre Berechtigung. Es stellte sich heraus, dass der neue Trank, mit dem der »Satansnarr« aufwartete, ein merkwürdig schmeckender Branntwein schärfster Sorte war. Wir gossen ihn aus Chichahumpen in uns hinein.

Allmählich dann wurde Don Luis gesprächiger.

Er begann, zögernd zuerst, aus seinem bunten Leben zu erzählen, von wilden Fahrten, von abenteuerlichen Reisen, von aufregenden Großwildjagden, endlich auch von grausamen Kämpfen mit den Indios Bravos, die mit der Niederlassung des Spaniers hier in ihrem Gebiet, das bisher kein Weißer betreten hatte, keineswegs einverstanden waren.

Und je länger wir saßen, und je länger wir tranken, umso grauenhafter wurden die Einzelheiten, von denen der Haziendero berichtete. Nur das Hirn eines Wahnsinnigen oder das eines wahrhaft auf der Grenze zum Raubtier stehenden »Wilden« konnte die furchtbaren Martern, die unglaublich grässlichen Todesarten ersonnen haben, von denen Don Luis in aller Ruhe und Sachlichkeit sprach.

»Irgendwie unvermutet aus dem Hinterhalt von einem Giftpfeil getroffen zu werden, Señor«, erklärte er heiser, und eine wegwerfende Geste unterstrich die langsamen Worte, »oder am raschen, fast schmerzlosen Kehlschnitt eines Bambusmessers eingehen in die ewigen Jagdgründe, das ist – möchte ich sagen – als Vergnügen anzusprechen.

Wesentlich unangenehmer dagegen ist es schon, unter einen fleischhungrigen Kannibalenstamm zu geraten, der Hände und Füße vom lebendigen Leibe tranchiert, um diese Leckerbissen kurz anzubraten und sie dann vor den Augen des ehemaligen, rechtmäßigen Besitzers in aller Gemütsruhe abzunagen.

Jedoch, Señor, es gibt noch schlimmere Dinge denn diese. Auch vor seinen eigenen Augen aufgefressen zu werden, kann noch Wohltat sein gegen einige indianische Verfahren, von denen sich ein weißes Gehirn keinen Begriff machen kann.«

»Das will ich gerne glauben, Don Colome«, warf ich mühsam ein, vielleicht nur, um meine Stimme zu hören. Ich spürte, wie sich mir die Kopfhaut schmerzend spannte und wusste nicht, ob die Worte des Farmers oder ob der Branntwein Schuld daran trugen. »Ich kann mir wirklich nichts aussinnen, das entsetzlicher sein könnte als das, was Sie soeben andeuteten.«

»Ich weiß«, fuhr Don Luis fort, indem er wieder einen Becher füllte, »ich weiß, dass meine Eingeborenen mich den ›Satansnarren‹ nennen. Aber, Sie können beruhigt sein, ich bin weder ein Satan noch ein Narr. Aber ich habe eine Schwäche, solche Unwahrscheinlichkeiten – wenigstens für einen europäischen Kopf –, solche doch immerhin ethnologisch-ethologisch interessanten Sächelchen um mich zu versammeln. Eine Sammlung wie tausend Sammlungen anderer Art.

Sie geben zu, Señor, dass jeder Mensch seinen Privatwahnsinn hat, der diesen, der jenen. Sie zum Beispiel wollen durchaus Kannibalismus studieren. Ich habe mir so ein kleines Museum angelegt, was man so in der Pampa und im Urwald eben klein nennt. Zur Unterhaltung.

Ich will kein Buch schreiben, will keine Vorträge halten. Nein. Nur zur Unterhaltung, Señor, zu meiner Ablenkung. Wenn man Jahr um Jahr nichts tut, als die Gummipicker kontrollieren, sucht man nach einer Abwechslung, Señor!«

»Und wo befindet sich Ihr – Ihr Museum, Don Colome?«, fragte ich, während es mich kalt überlief. Ich beobachtete das lauernde Glühen im Auge des Haziendero, das nicht zu der beruhigenden Rede passte. Die Warnung des Konsuls fiel mir ein. Wie das rotierende Aufflammen eines Leuchtturmfeuers brannte unablässig das Wort in mir: »Satansnarr« – »Satansnarr« – – »Satansnarr«.

Aber, – dies empfand ich in jähem Schrecken –, ich hatte gegen die Wirkung des scharfen Getränkes anzukämpfen.

»Eine Minute, Señor!«, hörte ich Don Luis sagen. Und dann seinen Ruf: »Habakuk!«

Der schwarze Schatten an der Tür tat einen schlurfenden Schritt ins Gemach.

»Habakuk!«, sprach der Farmer schwer und stockend, als überlege er noch einmal. »Ich will mit diesem Señor hinunter in das Treibhaus gehen!«

Der Mulatte fuhr zurück und schlug mit zitternder Hand ein Kreuz. »Heilige Mutter von Guadalupe!«, entrang es sich ihm keuchend.

»Geh!«, schrie Don Luis drohend und machte eine Bewegung, als wolle er aufspringen.

Habakuk drehte sich ruckend, sah mich eine Sekunde lang mit weit aufgerissenen Augen an und verschwand im Dunkel des Flures.

»Ich habe ihn vom Norden importieren müssen«, erklärte sein Herr; »aus Oaxaca. Wer hier aus diesem gesegneten Land ist, bleibt nicht zwei Nächte unter dem Dach des Satansnarren. Vorausgesetzt«, – Don Luis' Stimme schnarrte krächzend –, »vorausgesetzt, dass er den Weg zurück findet.«

Ich reckte mich im Stuhl, wie um meine Muskeln zu prüfen.

»Wohin wollen Sie mich führen, Don Luis?«, forschte ich, weil ich glaubte, falsch verstanden zu haben.

»In mein Treibhaus, Señor!«

»Sind Sie etwa Blumenzüchter?«

Ein heiseres, meckerndes Lachen kam als Antwort. Sonst nichts. – Stille.

Nach einer Weile brachte Habakuk ein unförmiges Bündel, das er auf dem Boden ausbreitete. Drei lange Lederjacken, fast bis zur Erde reichend, mit breiten Kapuzen versehen, kamen zum Vorschein. Drei Paar lederne Stulphandschuhe, drei Paar hohe Wasserstiefel.

Weiter noch enthielt der Packen drei großkalibrige Pistolen und drei lange Buschmesser, wie die Gummipicker im Urwald sie tragen.

Unwillkürlich, ohne zu wissen weshalb, schauderte ich zusammen.

»Was soll denn das?« Meine Frage klang rau.

Don Luis erhob sich schwerfällig.

»Das ist unsere Schutzkleidung, Señor!«, antwortete er. »Legen Sie die Sachen an. Es ist notwendig. Die Mäntel sind warm, bewahren Sie aber sicher vor unerwünschten Folgen unseres Spaziergangs. – Die Pistolen sind geladen, aber nur für irgendwelche unvorhergesehenen Fälle. – Das Messer werden Sie zweckmäßigerweise in der Hand behalten; Sie werden froh darob sein, wenn Sie allzu große Zudringlichkeit damit abwehren müssen.«

»Aber sagten Sie nicht soeben, Don Luis, dass wir in ein Treibhaus gingen?«

»Sicher, Señor! So ist es. Aber Sie müssen wissen, meine Blumen beißen!«

»Ihre Blumen – – beißen?«

Ein Räuspern statt einer Erwiderung. Dann: »Sind Sie fertig, Señor?« – Habakuk hatte mir unterdessen in den seltsamen Mantel geholfen und mir die Kapuze über den Kopf gelegt. Jetzt reichte er mir noch die Waffen und schlüpfte zuletzt selbst in die dritte daliegende Vermummung.

»Und du, Habakuk, hast du die Fackeln bereit?« Don Luis schlug wie spielend mit der flachen Klinge des Machetenmessers nach dem Mulatten.

»Die Fackeln stehen im Tigerkeller, Herr!«

»Also, dann los!«, ordnete der Haziendero an. »Ich gehe voraus. Sie, Señor, folgen mir auf dem Fuße. Den Schluss bildet Habakuk.«

Wir gingen.

Zuerst der finstere Hausflur. Zum rückwärtigen Tor des Blockhauses hinaus auf einen schmalen, wild verwachsenen Urwaldpfad. Riesige Eisenholzbäume, uralte Zedern, dorniges Bambusgewirr, Lianen, Luftwurzeln, stachliges Gestrüpp. Wie grünlich glasiges Gespinst funkelt Mondlicht in dem feuchtwarmen Laubtunnel, durch den wir hindurchschreiten, einer bedächtig hinter dem andern.

Don Luis führt. Er wankt wohl ein wenig; der Branntwein!

Ob auch ich so – – so pendele? Kraftlos auf fortgleitenden Beinen hintaumle, die aus Gummi zu sein scheinen?

Ein mannhohes Bohlentor, wuchtig wie die Panzertür eines Geldschrankes, taucht vor uns auf. Aber es ist offen.

»Vorsicht!«, murmelt Don Luis. Und ich sehe, dass er vor mir zusammenschrumpft, immer kleiner wird und kleiner. Nach einer Weile erst fällt mir ein, dass dort eine Treppe sein muss, hinunter in den Keller und – – in das Treibhaus des Don Luis Colome.

Keller? – Hatte Don Luis nicht Tigerkeller gesagt? – Und das Treibhaus? – Das Treibhaus unterirdisch? – Unter dem Urwald?

Weiter. – Nicht denken jetzt. – Nur Augen auf und fest das Kappmesser in der Hand.

Noch viele Stufen geht es abwärts; sie sind schlüpfrig, aber sie fallen, um ein Ausgleiten zu verhindern, schräg nach rückwärts ab.

Wir steigen, nach Luft ringend, hinunter wie in ein Grabgewölbe.

Wir schlürfen an eng gezimmerten Holzgattern vorüber, an Käfigtüren, hinter denen Leben zu sein scheint. Ich glaube rasselnde Atemzüge zu hören. Oder ist nur das pfeifende Geräusch der eigenen Lunge in meinem Ohr?

Nein! – Dort rüttelt es am Gebälk. – Weiter, nur weiter!

Zehn Schritte voraus. – Ein schwarzer Stock, wie mit langen Grannenhaaren bewachsen, liegt in Brusthöhe über dem Weg; ich will ihn zur Seite drücken, fasse ihn an und spüre, dass er – lebt.

Während ich zurückschrecke, tritt Habakuk neben mich und schlägt leicht mit der Schneide des Buschmessers auf das Hindernis. Der rätselhafte Stock hebt sich und senkt sich, zuckt zweimal, dreimal und zieht sich dann durch den Spalt des Holzgitters in den Käfig zurück.

Der Mulatte fängt meinen fragenden Blick auf.

»Eine Riesenspinne, Señor!«, raunt er mir zu. »Sie soll ihre Beine drinnen behalten.«

»Eine Spinne? – Ja, wie groß ist sie denn?«

»Wie unsere Bluthunde, Señor!«

»Und was frisst sie, Habakuk?«

»Kaninchen, junge Affen, alles, was du ihr gibst. – Aber es muss leben. – Alle Tiere hier unten und alle …« – Habakuk stockt und fährt erst nach einer Weile fort. »Alles hier unten frisst nur lebendes Futter!« – Jetzt, jetzt weiß ich auch, was so widerlich süß die Luft verdickt: Blut, frisches Blut!

Don Luis wendet sich schroff um und faucht den Farbigen an:

»Schwätze nicht, du Narr! – Was der fremde Señor wissen soll, will ich ihm selbst sagen. Ich selbst! – Hörst du?«

»Ich werde schweigen!«, sagte Habakuk. »Sage aber dem Señor, dass er mich nicht wieder fragen soll!«

Wieder weiter! – An Käfigen vorüber, aus denen wie schwelende Feuer blaugrüne Augen glotzen. – Knurren, Scharren, Kratzen, heiseres Bellen.

Pampa-Jaguare wohl. – Deshalb: Tigerkeller.

Plötzlich dann hält Don Luis so unvermittelt an, dass ich gegen ihn anlaufe. Er steht vor einer flachen Felsplatte und hantiert an dem rostigen Verschluss einer gewichtigen Kette, die aus dem Gestein wie sinnlos herausragt.

Habakuk springt helfend hinzu. – Vier Fäuste drehen an einer kurzen Spindel.

Ein Knirschen: Die Wand dreht sich um ihre Mittelachse. – Eine Lücke klafft. Licht flimmert geisterhaft weiß.

Don Luis geht hinaus in dieses fahle Leuchten. Habakuk fasst mich am Arm und drückt mich wortlos durch die Felsentür.

Ich – taumle und sinke gegen den nassen Stein zurück.

Ich schließe die Augen und öffne sie.

Ich suche aus Müdigkeit und Lähmung die letzte Kraft heraus, um mich aufrecht zu halten – und zu schauen.

Nur langsam vermag ich es zu fassen, es zu überdenken, was ich sehe.

Eine ungeheure Höhle, in die von obenher durch unsichtbare Schächte dieses kränklich weiße Lichtglimmen herabfällt.

Mir ist, als stände ich im Innern eines ausgebrannten Kolossalgebäudes: ein einziger, riesenhafter, schwarzer, stummer Raum. In der Höhe sind die Seitenwände nass und nackt. Weiter unten beginnt Vegetation: buntschillernde Moose, algenartige Gewächse, wulstige, behaarte Kräuter von widerlichem Aussehen.

Dann erst, als würde ich langsam, ganz langsam sehend, erkennt das Auge Einzelheiten am Boden des natürlichen Gewölbes: Dieser Boden ist ein einziger Sumpf, eine gelbe und grüne, fadenziehende, zäh wogende Masse von öliger Flüssigkeit.

Und darin, in diesem Sumpf, wachsen rätselvolle Gebilde, Pflanzen, Blumen, Flechten, scheußlich geformte Arten mit fettglänzenden Blättern, mit wulstigen Schläuchen, mit fingerdicken roten Drüsenhaaren.

Bunt, bunt, Farben, die ich nie gesehen habe, Zwischenstufen zwischen Grün und Rot, metallisch glühend, Purpur, Gelb, Braun, Weiß, schwarze Blütenkelche, mit weißen Staubgefäßen, an denen durchsichtige, schwammige Kröpfe hängen wie die Auswüchse am Hals des Marabu.

Groß, groß! – Blätter wie Tische, Blütenkelche wie Fässer.

Ist das alles Wirklichkeit? – Ist dieser formgewordene Wahn wahr?

Mitten durch das Gewoge des grässlichen Gartens ist ein Steg gebaut. Ein eiserner Steg, schmal, dass nur ein Mann über ihn gehen kann, mit armdickem Eisengeländer auf beiden Seiten versehen. Das Gestänge rot gemennigt.

Weshalb hier in der Unterwelt plötzlich Eisen? – Weshalb baute Don Luis diese Brücke durch den irrsinnigen Höllengarten? – Der Haziendero hält mir eine Flasche hin. – »Trinken Sie, Señor!«, zischt er, und sein Gesicht verkrampft sich zu einer fürchterlichen Grimasse. »Trinken Sie, und kommen Sie mit mir! Ich will Ihnen mein Treibhaus zeigen und will Ihnen erklären, welche seltenen Gewächse ich züchte. – Trinken Sie, Señor!«

Ich fühle, dass ich trinken muss, wenn ich nicht vor Grauen toll werden soll, vor Grauen allein, wenn ich in diese Fratze blicke, in diese teuflische Fratze des – – des »Satansnarren«!

»Satansnarr« – hämmert es mir im Kopf – »Satansnarr«, »Satansnarr«.

So setze ich die bauchige Flasche an und gieße noch einmal die flüssigen Flammen des Branntweins in den schon wund geätzten Schlund.

Habakuk stützt mich.

Don Luis greift hinter sich, packt mich an einer Schlaufe des Mantels und zerrt mich auf den eisernen Steg. – Ich stehe mitten im Treibhaus des Satansnarren.

»Seien Sie vorsichtig, Señor!«, warnt der Haziendero. »Es ist, wie ich Ihnen gesagt habe. Meine Blumen beißen. Sie beißen wirklich. Sie werden sogar gleich nach Ihnen schnappen, denn sie haben Hunger. – Fürchten Sie nichts. – Das feste Stierleder schützt Sie. – Außerdem: Sie haben die Machete.«

Wie ein helles Aufflackern ist es in mir: fleischfressende Pflanzen! – Gigantische, fleischfressende Pflanzen!

Ein roter Wulst schlägt mir gegen die Brust, ein Arm ohne Haut.

Habakuk knallt das Messer darauf. Der Pflanzenarm zuckt zurück.

»Ich weiß mehr als eure stubenhockenden Gelehrten«, sagt Don Luis und wühlt mit der Klinge in dem lebenden Gerank, »da suchen sie an Mikroben und Bakterien herum, die Grenze zwischen Tier und Pflanze zu finden. Narren sind sie alle. – Schauen Sie sich um, Señor! – Was Sie hier erblicken, sind Tiere, gefräßige, grausame Raubtiere, die nie eine Beute loslassen, die einmal in ihre Fänge geraten ist. Lassen Sie sich nicht täuschen, weil die Bestien aussehen wie Blumen!

Alle leben sie, die schönen Blumen, von Fleisch, von gutem, rotem und – Señor! – von lebendigem Fleisch. – Kommen Sie meinen Schützlingen nicht mit faulen Kadavern, mit einem droben im Wald gerissenen Luder.

Zucken muss die Beute, zucken und – leiden.

Nur so gedeihen die Tierpflanzen!«

Habakuk, der Mulatte, presst mir die Hand. Es ist wie eine Stütze, wie ein Versprechen. Und wie eine Warnung. – Ich spüre kalten Schweiß trotz der Gluthitze des Treibhauses.

Aber ich bohre mit dem Rest meiner Energie meine Augen in die des Don Luis Colome.

»Sehen Sie doch dorthin!«, knurrt er und deutet mit der Machete seitwärts. »Sechs Riesenkrüge um einen mannshohen Stiel. Eine Art Sarrazenie mit Elefantiasis. – In jedem Krug ist ein halbmeterhoher Bodensatz eines Verdauungssaftes, der alles Tierische zersetzt und aufsaugt. – Sie frisst Katzen, die Sarrazenie. In schlechten Zeiten auch Mäuse, aber dann schlägt sie nach mir, wenn ich sie füttere.

Betrachten Sie dort den Sonnentau. Können Sie die Reste

des Jungschafes erkennen, die zwischen den Drüsenhaaren hängen? – Lebendig aufgesogen in drei Tagen, Señor! – Eine Leistung, wirklich eine Leistung!«

Don Luis geht weiter über die Brücke, und ich folge mit schlotternden Knien. Immer stützt mich der Farbige.

Blätter klatschen um mich wie Fangarme von Polypen, zitternde Wülste gleiten an meinem Mantel wie suchend auf und ab.

»Drüben«, nimmt der Satansnarr seine Rede wieder auf, »drüben ist das seltenste Exemplar meiner Sammlung: ein Kannenträger.

In die Kannen, die wie Fässer sind, würgt er die blutreiche Nahrung. Umklammert sie mit dem klebrigen Sekret, das die Fässer füllt. Zersetzt sie langsam, grauenhaft langsam.

Aber, Señor, sie ist verwöhnt, diese Königin der Gattung Nepenthes. Sie weist alles zurück, ob lebend, ob tot. Sie will nur eines, lebt nur von einem. – Señor, sie ist die Kannibalin in diesem Garten!«

Der Garten tanzte um mich herum, wirre Kreise rotierten vor meinem Gesicht. Und nur wie aus weiter Ferne hörte ich den Haziendero sprechen.

»So – sterben, ist der schlimmste Tod, den ich kenne. – Von wilden Indios gefressen werden, das geht an. Denn das Ende kommt bald, und die Qual ist nur kurz. – Aber in einem dieser Fässer langsam, langsam, langsam bei lebendigem Leibe und bei vollem Verstand – – verdaut werden, das muss teuflisch sein. – Teuflisch, Señor!«

Ich würgte, halb besinnungslos, an einer Frage. Aber Don Luis kam mir zuvor.

»Die Indios droben, die immer untereinander Krieg führen, die sich aus guter Überzeugung gegenseitig auffressen, füttern – mit ihren eigenen Exemplaren – auch hin und wieder meine Nepenthes-Königin. – Ich habe damit nichts zu tun,

Señor. – Denn schließlich, ich bin weder der Satan noch ein Narr!«

Ein gellendes Gelächter schlug noch an mein Ohr. Dann wurde es dunkel um mich.

»Trinken Sie doch, Señor!«

Ich schreckte auf aus der Ohnmacht, aus dem – Schlaf. Starrte um mich her.

Das Zimmer im Blockhaus. Drüben im Sessel Don Luis Colome. An der Tür der schwarze Schatten Habakuk.

Chichakrüge am Boden.

Auf dem Tisch die Branntweinbecher.

»Wie kamen wir aus dem Irrsinn des Treibhauses?«

»Treibhauses?«, wiederholt erstaunt der Haziendero. »Treibhauses?«

»Sie zeigten mir doch Ihren Teufelsgarten!«

»Was zeigte ich Ihnen? – Sie haben geträumt, Señor! – Sie sind müde. – Lassen Sie uns schlafen gehen! – Doch zuvor: Auf Ihr Wohl! Trinken Sie doch! – Trinken macht fröhlich!«

In der Frühe des nächsten Tages ritt ich in die Pampa Rassa.

Der Teufelsknüppel

»Gut denn!« Mit diesen Worten hatte Doktor Harreus die Unterredung am Fernsprecher beendet. »Der Mann wird in einer halben Stunde ungefähr bei dir sein. Ich selbst werde, wie gesagt, aus dem etwas wirren Bericht, den er gibt, nicht ganz klug, habe aber auch außerdem nicht genügend Zeit, mich mit der merkwürdigen Sache eingehend zu beschäftigen, weil in der augenblicklichen Verkühlungsperiode mein Wartezimmer mit verschnupften Krankenkassenpatienten überfüllt ist. Und noch einmal: Meine Untersuchung hat keinen Befund ergeben, ich bin lediglich zu der Ansicht gelangt, dass dieser Fall mehr dich angeht und mehr dich interessieren wird als mich. – Auf Wiedersehen!«

Der Mann von gut Fünfviertel Normalgröße, der in mein Zimmer geführt wurde, hob aus graugrünem Lodenumhang eine schwere und schwielige, aber doch gut geformte Hand grüßend an die aufgebogene Krempe des Jägerhutes und stellte sich mit knapper Meldung vor: »Heinrich Reh! – Von Herrn Doktor Harreus hierher geschickt!«

Mit einer Geste nach dem für ihn bereitgestellten Sessel bat ich ihn, Platz zu nehmen.

»Ja, ich will mich gern setzen«, sagte er unbeholfen, knöpfte umständlich den Mantel auf, legte mit zögernder Bewegung den

Hut auf einen Stuhl nieder und stellte gegen denselben Stuhl ein längliches, in grobes braunes Papier eingerolltes Paket, das er unter dem Umhang getragen hatte.

Dann saß er in uniformartig geschnittenem Grünrock in den tiefen, federnden Polstern, ungelenk, unsicher und wie mit überflüssigen Armen; das gelbliche Streulicht des sinkenden Nachmittags nahm seinem gesunden, wetterfrischen Gesicht die Farbe, ließ jede Muskelfaser plastisch hervortreten und zeigte jede Falte doppelt tief, wie mit dem Grabstichel gekerbt.

»Sie sind Förster, Herr Reh? – Sonderbar, der Name und der Beruf!«

»Ich bin Jagdaufseher der Gemeinde, Herr Doktor!«, antwortete er. »Ja, und der Name ist sicher nur Zufall, obwohl seit undenklichen Zeiten – glaub ich – alle ›Rehe‹ Jäger waren oder Forstbeamte … oder auch, wenn es nicht anders ging, Wilderer.«

Während er sprach, lief ein nervöses Zucken über die rechte Gesichtshälfte, entsprang an der Ecke des kurz gestutzten blonden Schnurrbarts, strich bis an den etwas abgeplatteten Grat der sonst schmalen Nase und zerrann über der Schläfe in einer uneben verheilten Knochennarbe. Geübten Blicks merkte er sofort, dass mein über ihn hinwanderndes Auge dort haften blieb. Eigentümlich betont, dass es fast wie eine Abwehr klang, sagte er: »Nur äußerlich! – Streifschuss im Oktober 1917 am Tagliamento!«

Ich ergriff die günstige Gelegenheit, nun gleich zur Sache zu kommen und fragte: »Die Beschwerden, derentwegen Sie sich an Herrn Doktor Harreus wandten, haben also mit dieser Verwundung nichts zu tun?«

Hastig, mit harter, trockener Stimme, erwiderte er: »Nein!«

Und erst nach einer kurzen Pause, in der er die Oberlippe zwischen die Zähne zog und mit gerunzelter Stirn unter sich schaute, fuhr er fort: »Es kann doch nicht zusammenhängen! –

Ich bin doch gesund – habe seit damals, seit der Kratzer verheilt war, nie wieder etwas gespürt. – Nein, nein! – Es muss etwas ganz anderes sein! – Hat der Herr Doktor Ihnen eigentlich erzählt, um was es sich handelt?«

»Nein, Herr Reh! Es ist richtiger, wenn ich Ihren Bericht selber höre! Also fangen Sie einmal an!«

»Ja!« Er beugte sich noch weiter vornüber, betrachtete die lehmumränderten Spitzen seiner derben Stiefel und begann langsam, stockend: »Vor acht Tagen, genau heute vor acht Tagen fing die Geschichte an. Am Mittwoch. Morgens hatte ich in der Bachweiler Kuhle Holz vermessen, nachmittags hatte ich mich mit einem jungen Vorstehhund beschäftigt und ihm das Apportieren zur Hälfte beigebracht, abends ging ich wie gewöhnlich durchs Revier und sah nach dem Rechten.

Als ich nach Hause kam, war es ungefähr elf Uhr. Meine Frau und die Kinder schliefen längst.

Ich nahm die Bücher und trug noch die Holzabgänge der letzten Versteigerung ein. Darüber muss es so ziemlich Mitternacht geworden sein.

Kurz, ich bin, am Tisch sitzend, mit dem Federhalter in der Hand, eingeschlafen und habe dann zum ersten Mal diesen irrsinnigen Traum gehabt.

Ich muss dazu anmerken, Herr Doktor, ich träume sonst kaum; und wenn es schon einmal vorkommt, dann vergesse ich bestimmt den größten Teil von dem, was ich geträumt hab.

Aber der Traum in der Mittwochnacht war so lebhaft und deutlich, dass ich mich heute noch an jede Einzelheit erinnern kann.

Denken Sie sich: Ich sitze rittlings auf einem Pferd, einem mageren schwarzen Klepper mit weißer Keulenblesse; der Gaul galoppiert mit mir los, aber rückwärts, also nicht mit dem Kopf, sondern mit dem Schweif voraus, braust mit mir durch die Schneise aufs Brachfeld hinaus und hebt sich da, wo der Berg ansteigt, einfach in die Luft; jetzt sehe ich, dass das Teufelsross keine richtigen Hufe hat, sondern … wie soll ich sagen? … eine Art von Froschfüßen mit Schwimmhäuten … oder besser noch mit Flughäuten, wie eine Fledermaus vielleicht.

Hui! Geht das den Hang hinauf, weicht mit scharfer Wendung dem Buchenwald aus, um im Bogen über die Schafweiden hinüber auf die Kiefernschonung zuzusteuern, die schon zur Gemarkung Heidenburg gehört. Genau erkenne ich unter mir jeden Baum und jeden Stein. Und genau sehe ich zwischen der Osterrother Straße und dem Gewann Türkenmühle, fünfzig Schritt vom Weg, etwas zappeln, einen Hasen in der Schlinge! Aber der Teufelsgaul saust weiter mit mir fort, über die Kiefernschonung hinaus, um Heidenburg herum, und geht endlich hinter dem Dorf auf dem kleinen Hügel, auf dem die Burgruinen noch zu sehen sind, nieder. Im selben Augenblick höre ich ein helles Kläffen, muss mich besinnen, woher ich den Laut kenne, sehe aber dann gleich neben mir eben den kleinen Langhaarigen stehen, den ich nachmittags dressiert hatte; er hat die Zunge lang aus dem Fang hängen, dicke Flocken auf den Lefzen, und jault und jault. Ich will ihm zurufen, aber ich bin stumm. Ich will von dem Klepper herunter, aber ich bin auf ihm angewachsen. Ich fühle, wie mir der kalte Angstschweiß ausbricht, fühle, dass mir die harten, schnellen Stöße des Herzschlags allmählich die Luftröhre … zunageln.

Ich weiß«, unterbricht sich der Förster und knetet aufgeregt die Finger der linken Hand in der Rechten, »ich weiß, dass das alles sehr närrisch klingt, wenn ich es so erzähle. Aber es war so deutlich, so deutlich, als erlebte ich das Gespenstische wirklich. Und manchmal – ich sage das nur Ihnen, Herr Doktor, nur Ihnen! – manchmal glaube ich auch, dass ich den Spuk nicht nur geträumt habe; es ist gewiss mehr als ein gewöhnlicher Traum gewesen.

Weiter: Plötzlich kommen von allen Seiten solch schwarze

Pferde hinterrücks herangefegt und gesellen sich zu meinem Schinder; alle tragen sie Reiter in unsinnig bunten Kleiderfetzen und mit den verrücktesten Kopfbedeckungen: Melkeimer, Kochkessel, Bienenkörbe, Mehlsiebe. Und die meisten der Reiter kenne ich ganz gut: Da ist der Oberförster Barre, da ist der Gemeindevorsteher von Osterroth und der Rechner Küsten von Heidenburg, der Wirt Immerhäuser von Kronthal, da sind eine Menge von Bauern aus der Gegend, die ich kenne. Alle hocken steif auf den Gäulen, wie Puppen; die Gäule sammeln sich zu einem wilden Haufen und jagen schließlich, von meinem eigenen Schinder angeführt, den Serpentinenweg nach Osterroth hinunter, dass ich glaube, der Gegenwind reißt mich mitten auseinander.

Wir rasseln in das Dorf hinein, rechts herum um die Häuser, links herum, noch einmal links und nochmal links – und dann, ja – also dann stürmt die ganze Kavalkade in das Gehöft des Weizmüllers – die Stalltüren fliegen auf – die Horde Teufelsrösser prallt zusammen – ich spüre einen Schlag gegen die Stirn, seh' rote und grüne Funken tanzen und … werde wach.

Ich liege im Wohnzimmer auf dem Boden, den Federhalter noch in der Hand; der Stuhl liegt neben mir, ein Bein ist zerbrochen; die Stirn schmerzt wirklich, ich muss wohl damit aufgeschlagen sein. Ich schaue auf die Uhr, sie zeigt fünf Minuten nach eins!«

»Das ist ja der reinste Hexenritt!«, entfuhr es mir unwillkürlich.

Heinrich Reh schnellte den Kopf hoch; ein prüfender Blick aus diesen hellblauen, ab und zu grünlich aufschimmernden Augen strich über mich hin.

»Hexenritt?«, wiederholte er fragend. Und noch einmal, wie nun grübelnd, darüber nachdenkend: »Hexenritt?« – so, als spräche er mit sich selbst. Ich hörte ihn voll und tief einatmen und dann weitererzählen, wieder das Kinn gegen die Brust gedrückt: »Ich erhob mich. Ich sah meinen Traum wie gemalt vor mir stehen – so – bitte, lachen Sie mich nicht aus – so, als wäre ich im Kino gewesen und hätte einen amerikanischen Hatzfilm gesehen, mit mir selbst. Ich war sehr unruhig, als ich die Bücher zusammenpackte und wegstellen wollte, ich war so voll unerklärlicher Unrast, dass ich alles stehen und liegen ließ und hinaus vor das Haus trat.

Sofort schreckte ich zusammen, die Hundehütte war leer, der junge Hund war fort. Ich pfiff leise, aber nur ›Hexe‹ und ›Billie‹, die Setterhündin und der Airedaleterrier, gaben knurrend im Halbschlaf Laut. Und so eigentümlich hell die Nacht? Gegen Morgen hinaus der Himmel schon rot? Noch einmal prüfte ich die Uhr; sie ging, zeigte nach eins!

Das war noch kein Frühlicht! Das war Großfeuer, Großfeuer drunten im Dorf Osterroth! Ja, drunten in Osterroth – Herr Doktor, ich habe es in diesem Augenblick gewusst, genau und bestimmt gewusst, ich hätte es beschwören können! – in Osterroth brannte die Weizmühle!

Ich sprang ins Haus zurück, schrieb für die Frau zwei Worte auf ein Papier, griff das Fahrrad und lief los, die Schneise hinab bis zum Fußpfad, saß auf und radelte, so schnell ich treten konnte, hinunter nach Osterroth.

Die Weizmühle war eine einzige zischende, spritzende Flamme! Mehlsack um Mehlsack explodierte krachend! Wie Regen fielen die Funken über das Dorf, auf den Dächern der Häuser und Ställe und Scheunen lagen die Bauern und breiteten nasse Säcke aus, um den Feuerhagel zu ersticken, der da niederging. Nichts rettete der Weizmüller als seine Frau und seinen Buben! Nichts sonst, keine Kuh und kein Schwein, kein Stück Federvieh … und keines seiner sechs Pferde, denn der furchtbare Brand war – gegen halb eins! – im Pferdestall ausgebrochen! Wie, das konnte sich niemand erklären!

Nur ich! Nur ich wusste ja doch, dass das wilde Satansheer, dass ich selbst mitten darunter …«

Er brach den Satz ab, schwieg, drückte sich zusammenkauernd in den Klubsessel. Die Schläfennarbe, in deren Höhlung die ersten Dämmerschatten spielten, lag neben dem dichten, hochgebürsteten Haar wie ein Steinbruch am Waldrand.

Ich sprach nicht; ich wollte nicht von Hellsichtigkeit reden und den Mann noch mehr beunruhigen. Ich wartete, bis er nach einer langen Minute seine Erzählung wieder zögernd aufnahm.

»Was sollte ich noch drunten in Osterroth? Zu helfen war nicht, die Ortswehr hatte Mühe, den Brand auf das Mühlenanwesen zu beschränken. Also fuhr ich ein Stück wieder zurück, verbarg unterwegs das Rad im Unterholz und wanderte die Serpentinenstraße hinauf, die ich im Traum hinabgeprescht war, nach Heidenburg zu. Weshalb, das weiß ich nicht! Ich dachte nicht, ich ging einfach. Ich durchquerte das schlafende Dorf, stand gegen drei Uhr in den Burgruinen.

Und dann auf einmal stachen mich tausend Nadeln in den Kopf, ich schluckte an Luft oder an einem Nichts, das mir im Schlund weh tat, denn ich hörte ein schwaches, ein ganz schwaches, erbärmliches Winseln. Zwei Schritt … da lag der junge Hund und jaulte leise. Ich bücke mich zu ihm hinab, will ihn anfassen, hochheben … da streckt er sich … aus! Er liegt an der Stelle, an der ich ihn im Traum gesehen habe!

Und, Herr Doktor, um zum Schluss zu kommen: Zwischen der Osterrother Straße und dem Gewann Türkenmühle, fünfzig Schritt vom Straßengraben, hängt in der Wildererschlinge ein Krummer, zappelt, wie ich ihn habe zappeln sehen, von dem Satansgaul herunter, der mich durch die Luft getragen hat!

Ich löste den Hasen, wankte mehr als ich marschierte nach Hause, hängte die Flinte um, lief ins Revier, kam um neun erschöpft heim und warf mich aufs Bett, um drei oder vier Stunden wie ein Toter zu schlafen.«

»Und weshalb«, fragte ich dann, »haben Sie nun Doktor Harreus aufgesucht?«

»Lassen Sie mich alles der Reihe nach erzählen«, schlug er vor, statt zu antworten, »denn es geschahen ja noch mehr unverständliche Dinge. In der Nacht von Mittwoch auf Donnerstag also hatte ich den schrecklichen Traum; dann ereignete sich nichts Besonderes bis Freitag. Freitag früh fand ich meinen Airedale ›Billie‹ mit fliegenden Weichen und zitternden Läufen vor der Haustür, vollkommen ausgepumpt, Behang und Lefzen blutig; es schien, als sei er die ganze Nacht hindurch umhergerast. Dabei bin ich sicher, dass der Rüde nicht wildert.

In der nächsten Nacht begann meine Frau zu phantasieren; sie hatte plötzlich Fieber, 38,5! Und sonderbar, sie phantasierte von einem Flug durch die Luft in feurigem Wagen, der von Füchsen gezogen wurde. Erst gegen Morgen wurde sie ruhiger; einmal sagte sie leise: ›Nun sind es wirklich Zwillinge, ein Bub und ein Mädchen! Und wie Anna glücklich ist!‹ Ich erzählte ihr das, als sie wach wurde. ›Vielleicht ist es wahr!‹, meinte sie. Eine Stunde später traf ein Telegramm meines Schwagers ein, dass die Schwester meiner Frau, eben Anna, von gesunden Zwillingen entbunden worden sei, einem Buben und einem Mädchen.

Meinen zweiten Traum hatte ich in der Nacht auf Sonntag. Wieder ritt ich den rückwärts galoppierenden Rappen mit der Blesse; aber diesmal blieb ich allein; ich überflog unbekannte Gegenden, ein paar große Städte. Plötzlich gab es unter mir ein mächtiges Getöse, eine Explosion, deren Luftdruck den Satanschinder steil emporschleuderte. Damit wurde ich wach, lag neben meinem Bett. In derselben Nacht flog die chemische Fabrik in Rahlstadt in die Luft. Ich habe heute früh in einer illustrierten Zeitung ein Bild von der Unglücksstelle gesehen und habe das Gebäude wiedererkannt, das ich im Traum überquert habe. Nach Rahlstadt fährt man von hier aus acht Stunden im D-Zug!

Der dritte Traum zwischen Sonntag und Montag wurde unterbrochen, ich muss laut geschrien haben; meine Frau weckte mich.

Aber … seit dieser Stunde leide ich an Gesichts- und zeitweise an Gehörstörungen! Und deswegen bin ich zu Herrn Doktor Harreus gegangen.«

»Und wie zeigen sich die Beschwerden, Herr Reh?«

»Vor den Augen ein Flimmern; wenn es nicht behoben wird, werde ich den Beruf aufgeben müssen! In unregelmäßigen Zwischenräumen ein Brausen in den Ohren, darauf folgend Minuten völliger Taubheit, Herr Doktor. Wenn das nicht geheilt werden kann, darf ich nicht Förster bleiben!« Die Stimme klang wie ausgebrannt, wie erloschen; wie musste der Mann seinen Wald lieben, seine Jagd und seine Hege!

»Ich habe den Eindruck, Herr Reh«, sprach ich weiter, »dass Ihre Erzählung immer noch nicht ganz zu Ende ist.«

»Zuerst habe ich gefürchtet«, nahm mein Besucher die Rede wieder auf, »dass in meinem Kopf etwas nicht ganz richtig sei. Ich habe auch an den Streifschuss da oben gedacht und an die kleine Gehirnerschütterung von damals. Aber dann, als meine Frau phantasierte und zu fliegen glaubte, ließ ich diesen Gedanken fallen. Und weiter, was war mit den Hunden? Woran war der kleine Münsterländer eingegangen? Weshalb war er nachts nach der Heidenburg hingelaufen? Was trieb den alten, erfahrenen und schon recht bequemen ›Billie‹ eine Nacht lang im Revier umher, dass er mit zerrissenen Ohren heimkam und kaum noch japsen konnte? Hatten die Hunde auch geträumt? Waren sie auch geflogen, gehetzt worden wie von bösen Geistern?

Aber erst ein Zufall brachte mich auf die Spur, der ich nachgehen möchte. Ich selbst allerdings kann das nicht. Noch einmal, Herr Doktor, lachen Sie mich nicht aus. Ich bin doch ein gesunder und nüchterner Mensch, der richtig denkt. Aber, bitte, hören Sie mich weiter an.

Ich fuhr am Montagnachmittag zum Oberförster Barre hinüber und kaufte ihm aus seinem frischen Wurf zwei Welfe ab. Weiß-bunte westfälische Dachsbracken, aus dem Sauerland her. In einem weich ausgelegten alten Eierkorb brachte ich die kleinen Kerle meiner Frau; sie gab ihnen rasch abends noch Milchreis, und jedem, als ich nicht hinschaute, verstohlen auch ein Ei; dann stellte sie den Korb in das Schlafzimmer. In der Nacht – auf den Dienstag also – geschah nichts von Bedeutung, am Morgen waren die zwei Bracken arg verschlafen und hatten die Augen verklebt, sonst aber waren sie gesund. Ich ließ sie, nachdem ich den eifersüchtigen ›Billie‹ eingesperrt hatte, in den Garten.

Und da auf einmal, mitten im tapsigen Spielen, fällt mir der eine Welf um, streckt sich, winselt kurz auf, verendet …

Im Maul hält er noch … diesen Teufelsknüppel! Den Knüppel, den ich da – in Papier verpackt – mitgebracht habe!«

Reh stand auf, rollte vorsichtig das braune Bündel auseinander, sein »Teufelsknüppel« fiel auf den Teppich.

Ich erhob mich, schaltete das elektrische Licht an, trat näher.

»Nicht anfassen!«, schrie der Förster und schob mich zurück.

»Und warum nicht?«, forschte ich; in dieser Sekunde hätte ich kaum guten Gewissens behaupten dürfen, dass ich den Gemeindejagdaufseher Heinrich Reh für geistig unbedingt gesund hielt.

»Bitte!«, sagte er und ließ sich auf die Knie neben das Stück Holz nieder, »sehen Sie sich den Knüppel an, ein einfacher, gewöhnlicher Ast Weißbirke. Nur die äußerste Korkschicht scheint abgeschält; was da grün zu sehen ist, ist die unter der Korkrinde wachsende eigentliche Haut. Der Ast sieht in allen Teilen so aus, als sei er vor einer Stunde draußen im Wald geschnitten.

Aber, Herr Doktor, lachen Sie nicht! Ich schätze das Alter dieses Birkenknüppels auf … über zweihundert Jahre!«

Nun lachte ich aber tatsächlich.

»Hören Sie«, redete der Besucher auf mich ein, »hören Sie mich zu Ende an! Ich fand vor acht Tagen beim Umräumen auf dem Speicher eine alte Eichentruhe, niedrig, schmal, ziemlich lang, mehr schon ein Kasten. Drin waren uralte Frauenkleider mit geschnürten Leibchen und komischen Hüftwülsten, eigenartige Hüte mit Goldborten und wunderlicher Schmuck aus schwarzen Steinen. Auch eine Perücke lag dabei, und – in einem derben Wollstrumpf eingeknotet – drei gute Louisdor von 1682. Und eine halb vermoderte Bibel, die der Christine Katharine Reh gehört hatte – geboren 1621, gestorben 1698 nach gottgefälligem Leben – so steht's auf der ersten Seite, noch gut lesbar. Ganz zu unterst lag ein Holzkamm, ein polierter Messingspiegel, ein paar Salbenbüchsen aus Steingut und … ein Birkenreisigbesen! Da, da ist ein Stück von seinem Stiel! Und das Stück muss … verhext sein!«

Er ging zum Sessel hin, ließ sich schwer hineinfallen.

»Deswegen also haben Sie mich so erstaunt angesehen, als ich vorhin von einem ›wahren Hexenritt‹ sprach?«

»Ja!«, gab er zurück. »Verhext ist der Knüppel da ganz gewiss. Als ich den jungen Münsterländer dressieren wollte, ließ ich ihn das Holzstück apportieren! An ihm ging das Tier zugrunde. Ich hatte den Knüppel an diesem Tage lange Zeit in der Hand und träumte dann das furchtbare Zeug. Später muss dann ›Billie‹ an ihm herumgebissen haben und davon halb tollwütig geworden sein. Weiter, meine Frau erinnert sich, am Freitagabend, als sie Brennholz spalten wollte, auch ein Stück des da umherliegenden Birkenastes mitgepackt zu haben, und in der Nacht fieberte sie! Und dann, der Brackenwelf!

Nur, bei alledem, ich bin sicher nicht abergläubisch, ich finde keine Möglichkeit einer fassbaren Erklärung, Herr Doktor!

Ich sehe nicht, wie man sich einen Zusammenhang vorstellen könnte!«

Eine Weile nur brauchte ich nachzudenken. Dann fragte ich: »Haben Sie die Salbenbüchsen, die in der Truhe waren, weggeworfen?«

»Ja, sicher! Auch den Kamm und natürlich die Birkenreiser!«

»Schade, Herr Reh! Und nun will ich Ihnen sagen, was ich vermute: Erschrecken Sie nicht, aber Ihre Ahnin, die ein gottgefälliges Leben geführt haben will oder soll, war offenbar eine wirkliche … Hexe! Sie werden ja einiges von dem Hexenwahn wissen, der im fünfzehnten Jahrhundert begann und erst Ende des siebzehnten Jahrhunderts erlosch; aber noch 1782 wurde zu Glarus in der Schweiz eine ›Hexe‹ hingerichtet. Ihre Ahnin lebte demnach in der richtigen Hexenzeit. Nun weiß man heute natürlich, dass die Geständnisse der armen Angeklagten, die diesem unglaublichen Wahn zum Opfer fielen, also die Besenstielfahrten, die unzüchtigen Tänze, die Vernichtungsfeldzüge gegen die Ernten, die Wetterverzauberung und alles das, dass diese Geständnisse durch die Folterqualen erpresst worden sind. Die armen Frauen sagten, um weiteren Torturen zu entgehen, das aus, was Richter und Henker hören wollten. Aber das erklärt sicher nicht alles und alle Fälle. Unter diesen ›Hexen‹ sind mit guter Gewissheit eine Anzahl gewesen, die ernstlich von ihrem eigenen Hexentum überzeugt waren. Vielleicht waren diese Personen zum Teil geisteskrank. Aber denken Sie einmal nach, was in unsern Tagen an Rauschgiften verkonsumiert wird, an Opium, an Kokain, an Morphium, an Heroin, an Nikotin und so fort. Damals kannte man diese Gifte nicht. Man half sich mit dem, was man hatte, was man sich zusammenrührte. Und ein solches Gemisch war die sogenannte Hexensalbe!

Was die Hexensalben enthielten, lässt sich nicht mehr genau feststellen; es gab wohl viele Rezepte. Bestandteile waren Extrakte aus Bilsenkraut, Mandragora-Alraun und Stechapfel, das allein hieße schon Hyoszyamin, Atropin und Nebengifte. Folge des Genusses oder des Einreibens mit einer derartigen Salbe wird das Gefühl des Schwebens, des Fliegens sein. Und so haben wohl viele ›Hexen‹ das als Geständnis vorgebracht, was sie im Giftrauschzustand geträumt hatten.

Und nun zu Ihrem ›Teufelsknüppel‹.

Er sieht aus wie ganz frisch. Aber er ist mindestens zweihundert Jahre alt. Das würde heißen, dass er in einer ganz besonderen Art gewissermaßen konserviert worden ist.

Ich sehe die Möglichkeit, dass das Holz des Birkenastes mit einer Art Hexensalbe durchtränkt worden ist, dass diese in dem Knüppel enthaltene Giftsubstanz noch heute wirksam ist, auflösbar in warmer Flüssigkeit schon, wie Speichel, Schweiß, dass sie junge Tiere mehr oder weniger rasch tötet und Menschen eben typische Hexenflüge erleben lässt. Wenn unter diesen Umständen Hellsichtigkeit gleichsam gratis hinzutritt, brauchen Sie sich nicht wundern; solche verborgenen Geisteskräfte werden oft durch gifthaltige Drogen ausgelöst!«

»Und was halten Sie unter diesen Voraussetzungen von meinen Beschwerden, Herr Doktor?«, fragte Reh, offensichtlich schon ruhiger.

»Ich glaube, dass sie sich bald von selbst verlieren! Aber gehen Sie morgen früh noch einmal zu Doktor Harreus, mit dem ich mich noch heute Abend über Ihren Fall unterhalten werde. Möglich, dass ich Ihnen auch bis morgen sagen kann, welche Giftstoffe in Ihrem Teufelsknüppel verborgen sind. Sie lassen ihn mir doch hier?«

»Gern, Herr Doktor!«

Heinrich Reh verabschiedete sich.

Die Wirkung des Teufelsknüppels habe ich selbst erprobt; der Förster hat nicht übertrieben, als er von seinen gespenstischen Flügen erzählte. Die Art des Giftes ist nie analysiert worden …

Die Beschwerden des Gemeindejagdaufsehers Reh haben sich von selbst nach etwa vier Wochen behoben.

Die Traumsendegesellschaft

Nicht dass ich in der kleinen Kneipe an der Plaza Herrera auch nur einen Bruchteil jener »Wonnen« erwartet hätte, die ihr klangvoller Name »Las Delicias« allen Gästen versprach – etwas ganz anderes verleitete mich, dort einzutreten: zuerst einmal der hierzulande merkwürdige Umstand, dass die niedrige Tür der Wirtschaft fest im Schloss lag, statt weit bis hinten offenzustehen, und zum zweiten die eigenartige Feststellung, dass sämtliche Risse und Sprünge in den Fensterscheiben von innen sorgfältig mit schmalen Papierstreifen verklebt waren.

Hinter mir drückte ich rasch die Tür wieder zu, sah mich in einem leidlich sauberen Ausschank und rief im Platznehmen nach einem echten Whisky, um nun wenigstens noch das für mich und meine Gesundheit zu tun, was mir – nach meiner Enttäuschung – zu tun übrigblieb.

Den Schwarzbärtigen, der mir mit grotesker Grandezza den Whisky heranschaukelte, fragte ich: »Weshalb haben Sie denn die Fenster verpflastert?«

»Vor drei Wochen war Gas im Haus gegen die Ameisenplage, Señor!«

Als ich schwieg, verneigte sich der Wirt mit theatralischer Geste und verschwand hinter dem roten Vorhang, der Wohnung und Schankraum trennte.

Der Whisky aus der »Black & White«-Originalflasche, trotzdem nur von »Las Delicias« selbstgebrannter Schnaps, half mir gegen die Übelkeit, die er bekämpfen sollte, herzlich wenig. Der Sommertag lag heiß über der Stadt der »guten Düfte«, und hier über dem Vorort Barracas hing, beinahe wie ein Nebel sichtbar, der widerliche Dunst, der den vielen Fleischgefrieranstalten entströmt und den nur ein robustes Riechorgan, das diesen Kummer einigermaßen gewohnt ist, auf längere Zeit mit Anstand verträgt. – Ich hatte angenommen, »Las Delicias« seien mit Hilfe der Papierstreifen an den Fenstern und mit geschlossener Tür gegen die Düfte der Kühlhallen geschützt und böten den Besuchern als eine der verheißenen Wonnen etwas bessere Luft; aber ich wurde enttäuscht, denn in der Schenke war der Geruch von genau derselben chemischen Zusammensetzung wie der in den engen Straßen von Buenos Aires Süd.

Immerhin, es war weniger heiß als draußen. Ich legte mich so lang wie möglich in den ängstlich ächzenden Korbsessel, streckte die müden Beine aus, drückte das Kinn auf die Brust und gedachte, da ich dem Schwalm doch nicht entrinnen würde, an Ort und Stelle eine halbe Stunde auszuruhen, um erst dann meinen Weg über die Barracasbrücke zu den Fruchtmärkten jenseits des Riachuelo weiterzuwandern.

Ich muss wohl richtig eingeschlafen gewesen sein, denn als ich, von einem Stühlerücken gestört, die Augen aufschlug, saß drüben am Tisch ein zweiter Gast, ein gedrungener, straffhaariger Mischling aus einem Dutzend Rassen, deren prozentuale Anteile jedoch an diesem Musterstück nicht mit Aussicht auf einige Genauigkeit bestimmt werden konnten.

»Buenos dias!«, murmelte der Cholo-Mestize, als er mich wach sah. Nur schwach erwiderte ich den Gruß, gähnte danach einmal von ganzer Seele und schickte mich an, in die zweite Halbzeit des gestörten Nachmittagsschläfchens zu gehen.

Aber es gelang nicht. Ich blieb auf der äußersten Grenze des Wachseins, zum Einschlafen reichte es nicht mehr. Es half mir auch nichts, dass ich knurrend den Farbigen verwünschte, der mich geweckt hatte. – Im Gegenteil, der nahm mein Gebrumm gern als Einleitung zu einer Unterhaltung und sagte – ohne Vorrede, wie die Kopfzeile eines Extrablattes – laut herüber: »Trigo-Vega hat gestern vierhundert Arbeiter entlassen!«

Ich hatte mit der Tabakfabrik nichts zu schaffen; ich gähnte und schwieg.

Doch die Rassenmusterkarte berichtete weiter, als hätte ich sie danach gefragt: »Luca y Garcia, die Gerberei in Avellaneda, hat die Zahlungen eingestellt – man spricht von zwei Millionen Peso Verlust, Señor!«

Die Gerberei ging mich gar nichts an; ich streckte mich und schwieg.

Der Mestizen-Cholo ließ sich nicht abschrecken und sprach mir weiter den Handelsteil der »Prensa« oder der »Nación« vor: »Der Intendant hat berechnet, dass die Zahl der Arbeitslosen im letzten Monat um achtzehn Prozent gestiegen ist. – Ein Elend, Señor!«

Das Elend kannte ich, denn ich hatte in den letzten Monaten achtmal den Beruf gewechselt. Im Augenblick besaß ich fast zweihundert Peso. Aber Arbeit hatte auch ich nicht. Was kümmerte das den Cholo? – Ich schwieg.

»Wissen Sie, weshalb die Wirtschaftslage immer schlechter wird?«, fragte der andere und brachte es fertig, dass ich nun tatsächlich erstaunt aufschaute. Wer war dieser sonderbare Geselle? Was würde er nun predigen? Irgendeinen politischen Leitartikel oder die Verkündigung einer religiösen Sekte? Fanatiker oder Reklameredner, was war der Dunkle?

Er hielt mir, übrigens in tadellosem Spanisch, jetzt einen volkswirtschaftlichen Vortrag, der mich allerdings weit weniger durch die außergewöhnliche Sachkenntnis in Verwunderung setzte als durch die Tatsache, dass sich aus den rasch und sicher hingeworfenen Ausführungen nicht die geringste Tendenz heraushören ließ. Eine Minute lang glaubte ich, mein Gegenüber sei einer der wenigen farbigen Großgrundbesitzer aus den Bergen, gleich darauf schien es mir aber wieder, als sage er einen mühsam auswendig gelernten Text auf, der doch zum Schluss auf die Empfehlung eines Briefstellers, eines Sprachlehrbuches oder auch einer geheimen Spielbank hinauslaufen würde. Um der merkwürdigen Sache auf den Grund zu gehen, unterbrach ich den Cholo: »Gut, die Lage ist bös! Was aber ist zu tun?«

Er grinste und tat zuerst, als habe ihn die Frage in Verlegenheit gebracht, dann mimte er mit viel Geschick den Nachdenklichen, Unschlüssigen.

»Es gibt eben nichts zu tun, Señor!«, antwortete er endlich langsam. »Man muss warten. Unterdessen sollte man Kräfte sparen, sich ausruhen, erholen – – viel und gut schlafen. Schlaf ist die beste Medizin, Señor!«

Ich riet im Stillen, dass er jetzt aufstehen und mir ein wertloses Schlafmittel anbieten würde, aber ich hatte mich getäuscht. Er fuhr fort: »Natürlich, das Menschenleben ist kurz. Man möchte auch nicht seine Tage nutzlos verschlafen. Man möchte Schönes erleben, nicht wahr?«

»Also schlafen und … was denn noch?«, half ich ihm weiter und war jetzt davon überzeugt, dass er mich zu den allzu freundlichen Señoritas schickte, die gern in der Abendkühle in den Palermogärten spazierten. Und wieder hatte ich vorbeigeraten, denn der Cholo antwortete leise: »Schlafen und … Träume! Alle Wünsche träumen, Señor!«

Das war es also! Ich winkte ab, ich hatte nicht Lust, in der Opiumkneipe, für die der Farbige Schlepperdienste leistete, zu träumen.

»Ein guter Traum«, sagte der Cholo weiter, ohne sich beirren zu lassen, »ist viel schöner als das Erleben im Wachzustand. Alles Glück im Wachsein hinterlässt Schlacken, wenn es abgebrannt ist; es gibt kein ungetrübtes Erinnern an wirkliche Geschehnisse. Jede Glückshöhe muss teuer erkauft werden, Señor, vorher oder nachträglich. Nur das Schöne, das der Traum uns gibt, ist immer hell und rein. Jedes Wacherleben schleppt Ketten hinter sich her, die uns an Dinge schmieden, denen wir ausgewichen wären, hätten wir sie rechtzeitig gesehen. Nur der Traum, der schöne Traum, steht allein für sich da, ungebunden. Er zieht keine Ketten um uns, er hat keine Folgen … Und, Señor, im Traum sind alle die Schönheiten zu erleben, die die Phantasie ausmalen kann und die der wache Tag ja doch nie bietet! Glauben Sie mir, Señor, nur im Traum gelangen wir ins Paradies!«

Unbegreiflich, dass dieser Mischling so dahinphilosophierte, ganz unbegreiflich. War es aber ein eingelerntes Lied, weshalb sang er es mir vor?

»Die schönen Träume sind selten«, warf ich ein, »es nutzt nichts, wenn man sie sich wünscht. – Oder kann der Mensch einen Traum erzwingen?«

»Sicher, Señor! – Sie können alles träumen, was Sie träumen wollen!«

»Mit Opium?«, fragte ich, überlegen lachend.

»Nein, Señor, Sie irren!«, kam die schnelle Antwort. Der Farbige erhob sich, kam mit kurzen, hastigen Schritten zu mir und gab mir ein bedrucktes Papier in die Hand, auf dessen einer Seite in fetten Lettern und fünfsprachig zu lesen stand:

Die Traumsendegesellschaft, Calle Cangallo 673,
verkauft Träume!

»Besuchen Sie bei Bedarf die Gesellschaft, Señor«, sagte der Cholo dicht an meinem Ohr, »denn eines Tages werden Sie sich doch ein Stückchen Traumparadies wünschen! Und jeder Wunsch kann erfüllt werden.«

Im nächsten Augenblick war ich allein, einziger Mittagsgast

von »Las Delicias«, und hätte geschworen, die ganze Geschichte mit dem Reklamemann der Traumsendegesellschaft … geträumt zu haben, wäre nicht der Prospekt in meiner Hand gewesen, den ich anstarrte. Ich drehte die Drucksache um und fand auf der Rückseite Wort um Wort den Vortrag über die katastrophale Weltwirtschaftslage unter besonderer Berücksichtigung ihrer Auswirkungen auf Buenos Aires und weiter die ganze hübsche Philosophie vom schönen Träumen. Damit war das Rätsel des Mestizen-Cholo gelöst.

Etwa vier Wochen später, immer noch ohne ständige Arbeit, verbittert schon vom nicht enden wollenden Missgeschick und angeekelt vom ewigen Hasten nach dem Peso, schlenderte ich übellaunig vom Oncebahnhof nach den Docks hinunter. Ich ging, damit die Zeit verrann; denn für zehn Centavo kann man mit der Straßenbahn zweieinhalb Stunden lang von einem Ende der Riesenstadt bis zum anderen fahren. Ganz langsam wanderte ich, trüber Gedanken voll, die Calle Cangallo hinab, bis ich dann urplötzlich vor diesem ganz modernen, strenglinigen Zweckbau stand, einem würfelförmigen Haus aus blassrotem Sandstein und … ohne Fenster. Nur ein schmales Tor führte durch die glatte, schmucklose Fassade. Und über dem Eingang glänzte ein schwarzes Marmorschild mit goldenen meterhohen Buchstaben:

TRAUMSENDEGESELLSCHAFT.

Ich erschrak, als ich das Wort las; denn nun hatte ich wieder Mühe, mich zu vergewissern, ob ich den Mittag der Flucht vor den Kühlhallendüften in der Kneipe »Las Delicias« und jenen wunderlichen Mischling tatsächlich erlebt oder gar … nur geträumt hatte. Ich erinnerte mich es Prospekts und strengte mich an – denn diese schien mir die einwandfreieste Kontrolle – um in meinem Gedächtnis die Hausnummer wiederzufinden, die in der Schlagzeile angegeben gewesen war. – 673, so war es wohl?

Darauf erst suchte ich nach dem Nummernschild des Gebäudes: 673!

Wenn ich mir überhaupt unter der Firma etwas vorgestellt hatte, soweit eher eine dunkle Hintertreppensache als dieses Riesengebäude mitten in der Stadt. Ich war sehr überrascht, ein offenbar doch groß angelegtes Unternehmen zu finden, das … Träume verkaufte. Verkaufte denn die Gesellschaft wirklich Träume?

Nichts deutete darauf hin. Außer dem Firmenschild trug das Haus keine Aufschrift. Nie hatte ich in den Zeitungen ein Wort davon gelesen. Und weshalb dieser Cholo als Propagandamann, als Schlepper? Ein eigentümliches Unternehmen!

Und doch, wenn ich dem Sinn der Sache nachging, keine üble Idee!

Die Zeiten sind allerorten faul und misslich, der Daseinskampf wird von Tag zu Tag schärfer und brutaler, in der ganzen Welt wächst mit der fortschreitenden Verarmung der mittleren Stände Elend und Not! Kein Wunder, dass der Mensch nach Ablenkung sucht, nach Erholung und Ausspannen hascht, nach einem Augenblick der Rast in diesem todbringenden Gehetz um das bisschen Leben. Rauschgifte müssen her, Aufpeitschung und Betäubung, Alkohol, Opium, Kokain, Heroin, Peyotin, Meskalin.

Wäre das nicht ein ruhiger, glücklicher Traum, wenn er ohne Vergiftung des Organismus erzwungen werden könnte, Erfrischung und schönste Labe? Wäre nicht ein bunter Traum, der eine hell blinkende Wunschphantasie plastisch werden lässt, wie eine Oase in der unendlichen Wüstenei des erbärmlichen Schuftens ums tägliche Brot?

Aber … können Träume willkürlich im Menschen erzeugt werden?

Aber … können Träume hergestellt werden, zubereitet wie Speisen?

Aber … können Träume … einfach verkauft, gekauft werden?

Vier Wochen seit jener Begegnung mit dem Cholo, vier lange Wochen war ich umhergelaufen, Tag und Nacht, um eine Beschäftigung zu finden. Umsonst. Nun war ich müde, abgeklappert. Hätte ich den Rat des Cholo nur befolgt, geschlafen und geträumt! Ich hätte bestimmt nicht nur Kraft gespart, sondern auch einige Peso.

Ja, ich wollte aussetzen, ich wollte mir einige Tage Ruhe gönnen und dann mit neuem Schwung wieder beginnen. Und ich wollte einmal die ärgsten Sorgen vergessen und von besseren Zeiten, der Vergangenheit oder der Zukunft, gleichviel … träumen.

Ich wollte mir bei der Traumsendegesellschaft … einen Traum kaufen.

Trotzdem, es kostete mich einige Überwindung, einzutreten. Ein wenig seltsam war das ja alles nun doch. Was kostete ein anständiger Traum? Wie träumte man ihn? Und wo? Und wann? Ohne Schaden zu nehmen? Wurde der gekaufte Traum eingenommen wie eine Medizin? Wurde er eingeimpft? Oder bediente sich die Firma hypnotischer Kräfte, um Träume zu suggerieren? Ein geheimnisvolles Unternehmen!

Neugierig überwand ich ein letztes Zögern.

Als ich den Fuß auf die Schwelle setzte, öffnete sich automatisch das Haustor und ließ mich in eine geräumige Rundhalle blicken, deren Wand ringsum mit Leuchtschildern überspannt war; allerdings blieben die Buchstaben infolge des jetzt einfallenden Tageslichts so blass, dass ich die Texte nicht zu entziffern vermochte. Ich hatte keine andere Wahl, als nun vollends in das Haus einzutreten.

Dicht hinter mir schloss sich die Tür; sofort leuchteten die Transparente mit scharf gezeichneten Lettern auf. In zwei Dutzend Sprachen, selbst die Indioidiome nicht vergessen, hieß es da:

Die Traumsendegesellschaft liefert:

I. Träume aller Art nach eigenen Vorschlägen und Wünschen des Bestellers. Preis nach Vereinbarung.
II. Träume nach Wahl aus dem Traum-Hauptkatalog, der über 12 000 Angebote enthält. Katalogpreise.

Bei Abnahme im Haus tritt zu diesen Grundpreisen die Gebühr für Zimmerbenutzung; Zimmer nach Wahl von 2 bis 25 Peso. Für Fernübermittlung werden 25% Aufschlag auf die Grundpreise berechnet.

Die Traumsendegesellschaft vermeidet jede laute Reklame und wirbt nur durch Weiterempfehlung seitens der Kundschaft selbst. Zur Einführung wird jedem neuen Kunden der erstgewählte Traum zum Einheitsgrundpreis von 10 Peso, nebst Selbstkosten, gewährt.

Unter jedem Schild waren zwei Klingelknöpfe angebracht:

Abt. I	Abt. II
Sonderwünsche	Katalogwahl

Ja, was wünschte ich? Ich wollte etwas sehr Schönes träumen, nichts Alltägliches, nichts aus einem Katalog, sondern etwas Selbsterdachtes.

Aber noch hatte ich keine klare Vorstellung.

Trotzdem aber drückte ich die Klingel zur Abteilung I. Im nächsten Augenblick wich das Leuchtschild, das gleichzeitig Tür war, mit einer Drehung von fünfundvierzig Grad nach rechts in die Wand zurück und gab einen schmalen Gang frei, durch den ich nach wenigen Schritten in eine wiederum kreisrunde Empfangshalle kam. Hier stieß ich auf den ersten Beamten der Firma, der mich mit prüfenden Blicken abschätzte und dann fragte: »Sie sind heute zum ersten Mal bei uns, Señor?«

»Jawohl! Ich möchte einen Traum kaufen.«

»Sie wollten in unsere deutsche Abteilung, nicht wahr?«

»Ich bin Deutscher, sicher!«

»Bitte, hier drüben, Señor, das Zimmer 24!«, wies er mich an.

Im Zimmer 24 saß hinter einem Schreibtisch eine junge, vielleicht etwas zu blonde Dame, die mich mit einem akzentfreien deutschen »Guten Tag!« begrüßte.

Sie bot mir einen Stuhl an, legte sich einen Vordruck zurecht und begann ein wunderliches Gespräch.

»Sie wünschen einen Traum nach eigener Idee, nehme ich an. Wollen Sie ein Zimmer im Haus mieten, oder dürfen wir Ihnen den Traum senden?«

Ein bisschen verwirrt erkundigte ich mich: »Senden? Wie senden Sie Träume? Mit dem Lieferwagen vielleicht?«

Das Fräulein blieb todernst und antwortete: »Wir übertragen den Traum, der hier in unserer technischen Abteilung gedacht wird, mit Hilfe von Ätherwellen in die Gedächtniszentren Ihres Gehirns, lockern damit gewissermaßen in Ihrem unterbewussten Erinnern alle Stoffe auf, die irgendwie mit dem Traumthema zusammenhängen, und schaffen Ihnen so das gewünschte Traumerlebnis. Jeder Traum ist ja doch immer mit dem Gedächtnis verknüpft, denn selbst der phantastischste Wunsch kann sich nur aus Faktoren zusammensetzen, die einmal als Geschehen oder als Erdachtes-Gedachtes in den Denkregionen Ihres Gehirns lebendig waren.«

»Ich bin nicht viel klüger geworden, Fräulein«, gestand ich, »aber so viel begreife ich, dass die Traumsendegesellschaft über eine Art von Telepathiewellen verfügt, die ungefähr wie im Rundfunk gesendet werden können. Es ist wohl so, dass hier ein Hirn den Traum durchdenkt, dass die dabei erzeugten Denkströme aufgefangen und gesendet werden, mein Gehirn treffen und dort, weil ich schlafe, eben den Traum erzeugen, der hier im Haus willkürlich gedacht wurde. Nun aber zwei Fragen: Wie trifft mein Traum gerade mich und keinen anderen Menschen im Bereich der Wellenstrahlungen? Und wie wissen Sie auf Entfernung, wann ich schlafe? Denn Schlaf wird ja doch eine Grundbedingung für den Empfang der Traumsendung sein.«

»Sie haben ja recht schnell das Wesen unserer Sendetechnik erfasst«, sagte die junge, zu blonde Dame und erklärte weiter, wie die Traumsendungen zustande kamen. »Dass Gedanken von Gehirn zu Gehirn übertragbar sind, dass es also wirkliche Telepathie gibt, ist längst korrekt wissenschaftlich bewiesen und allseitig anerkannt. Von diesem Gebiet aus erstreckten sich die Untersuchungen des Gründers unserer Gesellschaft darauf, ob auch reines Traumdenken telepathisch zu übermitteln sei, und führten bald zu der Entdeckung, dass unter gewissen willkürlich zu schaffenden Umständen gerade der Traum, weil er am besten gegen alle äußerlichen Störungen abgeschirmt ist, am sichersten von Mensch zu Mensch überspringt, so zum Beispiel, dass oft viele Gäste in großen Gemeinschaftsschlafräumen, wie Kasernen oder Herbergen, zur gleichen Nachtstunde den gleichen Traum, nur mit kleinen individuellen Abweichungen, träumen. Diese Feststellung bahnte dann wiederum den Weg zu der Erkenntnis, dass mit einer technischen Verstärkung der Telepathiestrahlungsintensität auch Wachdenken auf schlafende Menschen – übrigens auch auf Tiere – übertragen werden kann, dass es also mit Hilfe von Sende- oder besser Vermittlungsverstärkerapparaten tatsächlich möglich ist, wach gedachte Träume in wirkliche Träume zu verwandeln. Das System ist natürlich Geschäftsgeheimnis der Traumsendegesellschaft.

Die beiden Fragen, die Sie stellten, beantwortet Ihnen die Sendeabteilung.«

Das Fräulein sprach sehr überzeugend, und meine Neugierde wuchs in demselben Maße, wie die letzte Scheu vor diesem Unbekannten wich. Ich nannte Namen und Adresse.

»Wohnungsangabe benötige ich nicht«, sagte die Beamtin, »denn für uns ist es vollkommen unwesentlich, ob Sie sich zur Zeit der Sendung hier nebenan in der Calle Cangallo oder in Nordgrönland befinden. Jetzt aber, mein Herr, um zur Sache zu kommen, was möchten Sie denn träumen?«

»Ja, ich weiß nicht«, antwortete ich unsicher und haschte rasch nach einigen Ideenansätzen, die mir wieder zerflatterten, ehe sie Gestalt gewannen.

Die Blonde schaute mich aus blassblauen Augen an, lächelte ein wenig, sogar ein wenig spöttisch und überlegen, und meinte: »Dürfte es etwas Deutsches sein, ein Heimattraum vielleicht?«

Dem Lächeln gegenüber wollte ich verneinen. Aber ein plötzlich in mir aufspringendes Gefühl, das ich in dieser Sekunde kaum zu erklären gewusst hätte, fast wie ein körperlicher Schmerz, zwang mich, ja zu sagen.

Das Fräulein nickte und schien zufrieden.

»Sie träumen, dass Sie zu Hause sind, im Elternhaus, dass Sie Familie …«

»Bitte, Fräulein«, unterbrach ich und sah schon das Stückchen Traumparadies in erreichbarer Nähe, »lassen Sie mich zu Hause im Garten sitzen, in dem etwas verwilderten Garten, der zur Hälfte schon Berghang ist, drin stehen uralte Apfelbäume, gute rheinische ›Bohnäpfel‹ und ein paar Goldreinetten, Fräulein; und da ist eine Laube, vom Urgroßvater gezimmert, das Holz ist morsch und oft geborsten, aber so fest liegen die Rebenranken darum, dass die Laube nicht zusammenfallen kann. Da möchte ich einmal, wenn es auch nur ein Traum ist, ganz ruhig sitzen und schauen, die Wiesen und die Weinberge, die Äcker und das Korn, die guten Bohnäpfel und darüber den Himmel. Sehen Sie, Fräulein, ein warmer Herbsttag soll sein. Ruhig in der Laube will ich sitzen und mich freuen!«

»Allein?« Das Wort stach nach mir und verletzte mich. Ich warf hart den Kopf zurück und muss wohl Trotz und Abwehr im Gesicht gehabt haben, denn die Blonde schrieb auf dem Vordruck umher und sagte gleichmütig: »Bitte, wie Sie wollen!«

»Nein, ich will nicht allein sitzen!«, fuhr es mir heraus.

»Haben Sie ein Bild von ihr da?«, fragte das Fräulein.

»Ein Bild von ihr? Warum denn das?«

»Wenn Sie ›sie‹ träumen wollen, muss der Beamte, der ja Ihren Traum in die Sendeapparatur hineindenkt, doch wissen, wie ›sie‹ aussieht. Sie haben doch eine bestimmte Frau im Auge, nicht wahr?«

»Ja, Fräulein!« Meine Stimme war jetzt sehr heiser. »Wenn ein Bild genügt, um von ihr träumen zu können … ja, hier, hier ist das Bild!«

Und ich zog aus der Brieftasche die Aufnahme, die ich mir in die Kamera gestohlen hatte, drüben noch, vor vielen Jahren, als wir jung waren und dumm. Alle beide. Zu jung und dumm. Den verblassten Abzug gab ich der blonden Dame, und mir war jetzt, als sei sie gar nicht mehr so sehr zu blond.

»Sie wollen träumen, dass diese Frau bei Ihnen in der Laube sitzt?«

»Ja, Fräulein!«, antwortete ich wie ein Schulbub.

»Allein?«

»Wie denn allein? Wer sonst noch?«

Das Fräulein meinte leise: »Oft werden Kinder gewünscht, mein Herr!«

Ich schluckte heftig und mühsam.

»Geht denn das?«, erkundigte ich mich und wurde, glaube ich, rot.

»Sicher? Warum nicht? Wenn Sie mir auch Ihr eigenes Bild hierlassen, kann sich der sendende Beamte, der natürlich geschult ist, mit einiger Phantasie eine Vorstellung der Kinder machen, wie sie … wären, wenn sie wären. Wenn Ihnen das nicht zusagt, können Sie sich aber auch ein paar Typen aus unseren Bildmappen aussuchen. Für die Sendung ist das kein Unterschied.«

Ich würgte an einer Entgegnung, brachte nichts heraus als ein Ja.

»Wie viel?«, fragte das Fräulein geschäftsmäßig.

»Bitte, was denn?«

»Wie viele Kinder möchten Sie im Traum um sich sehen?«

»Drei!«, hauchte ich schwach. »Oder auch vier oder fünf!«

»Fünf!«, schrieb das Fräulein auf und schloss die Rechnung mit Zuschlag ab. Ich zahlte zwölfeinhalb Peso, erhielt dafür den Durchschlag einer Quittungsmaschine und schickte mich an, das Haus der Träume zu verlassen. Aber die junge Dame führte mich aus dem Zimmer hinaus zu einem Aufzug, hieß mich Platz nehmen und verabschiedete sich.

Der Lift fuhr hoch und hielt an einer Tür mit der Nummer 24. Die Tür klappte, ich stand vor einem Herrn in weißem Leinenkittel und in einem Saal, der an ein Laboratorium erinnerte.

»Guten Tag, Landsmann!« Mit diesen Worten empfing mich der Techniker oder was er vorstellen mochte. »Ich bin auch vom Rhein, aus Köln nämlich!« Er hätte das gar nicht zu beichten brauchen, denn ich hörte an seiner Sprache, wo seine Wiege gestanden hatte, hörte »jut Köllsch« hier in der Calle Cangallo 673.

»Nehmen Sie, bitte, Platz!« Er schob mir einen Polstersessel hin, ließ sich die Kontrollnummer meiner Quittung zeigen, stellte sie an einem Hebelwerk mit Nummernscheibe ein und schaltete. Auf einer weißen Fläche des Maschinenkastens sprang die Nummer 7532 auf.

»Katalognummer 7532 also!«, sagte der Mann lachend.

»Nein!«, bestritt ich. »Ich habe keinen Katalogtraum ausgesucht, sondern meine Wünsche mit der deutschen Dame auf Zimmer 24 durchgesprochen. Es sollte ein herbstlicher Garten sein und …«

»Lassen Sie nur, Landsmann!«, winkte der Techniker ab. »Was Sie sich da ausgedacht haben, das wird in unserer deutschen Abteilung fast täglich verlangt. Deutscher Heimattraum Katalognummer 7532, Gartenszene mit der Mama und einem halben Dutzend Kinder. Nichts Neues, Landsmann! Den Traum kann ich schon in den Sender denken, wenn ich selbst schlafe. Aber diesmal werde ich mich besonders anstrengen, um Ihnen den Traum schön und befriedigend herzurichten. Verlassen Sie sich auf mich!«

Ich war ein wenig beschämt, konnte mir jetzt auch das Lächeln der jungen Dame erklären. Ein Durchschnittstraum also doch!

»Wollen Sie den rechten Arm frei machen!«, sagte der Weißkittel.

»Warum denn das?«

»Ich muss Ihnen für die Sendung ein paar Tropfen Blut entnehmen«, erklärte der »Sendermann«, »damit meine Traumkonstruktion, die ausgestrahlt wird, auch wirklich Sie trifft und nicht einen Unbeteiligten. Die Anfangsstrahlen der Übertragungswellen werden durch Ihr Blut geschickt, nehmen wahrscheinlich dort bestimmte spezifische Eigenschaften auf und können nur von einem Hirn ›empfangen‹ und zum Traum verarbeitet werden, das dieselben Bluteigenschaften enthält. Jeder Mensch aber hat wie sein eigenes Gesicht auch sein eigenes Blut. In welcher Weise unsere Strahlen von dem Blutfilter beeinflusst werden, wissen wir selbst nicht. Wir kennen, wie das ja bei allen bekannten Strahlenwirkungen ist, wohl die Wirkung, nicht aber die Ursache und das tiefste Wesen. Außerdem, an gewissen Veränderungen desselben Blutfilters stellen wir fest, ob der Besteller wacht oder schläft. Es handelt sich um eine Farbschattierung, die allerdings nur der geübte Fachmann erkennt. Es gibt Augen, die das sehen, wie es besonders begnadete Zungen gibt, die an einem Schluck Wein Lage und Jahrgang erkennen. Bitte, machen Sie die Ellbogenvene frei!«

Der Techniker-Doktor entnahm mir eine geringe Menge Blut, schüttelte mir die Hand zum Abschied und geleitete mich noch zum Aufzug.

Einige Sekunden später stand ich in der Empfangshalle, dann wieder in der Calle Cangallo, vor dem fensterlosen Gebäude der Traumsendegesellschaft.

Nach kurzer Überlegung beschloss ich, die Hafendocks nicht aufzusuchen, sondern nach Hause zu gehen und mich … schlafen zu legen.

Soll ich noch von dem Traum erzählen, den ich träumte?

Ja, da war der wilde Garten und die Laube mit den morschen Wänden und die Rebenranken und die Bohnäpfelbäume. Und der Berghang war da und drunten das breit schimmernde Band des Stromes.

Sie saß neben mir und schaute in den hellen Himmel.

Und fünf Kinder spielten um uns, streichelten die Blumen und brachen keine ab. Fünf Kinder waren um uns und lachten, eines immer ein Jahr älter als das andere. Vielleicht, denn was weiß ich von Kindern? Schön war der Traum, den der Kölner Doktor-Techniker in der Calle Cangallo zu Buenos Aires für mich ausdachte und mir sandte!

Ja, er war sehr schön.

Nur zum Schluss verwirrte er sich wohl. Denn ich weiß noch, wie da plötzlich mehr Kinder um uns waren, um mich und um sie, wie da immer mehr Kinder im Garten umhertollten. Bis ich schließlich merkte, dass die reifen Bohnäpfel von den Bäumen herabfielen und zu kleinen Kindern wurden, zu kleinen, runden, pausbäckigen Buben. Und die feinen Goldreinetten verwandelten sich in kleine hellhaarige Mädchen.

Und dann kam eines von ihnen auf meinen Schoß geklettert, zupfte mich an der Nase und sagte: Papa!

… da wurde ich wach. Mit feuchten Augen, merkwürdigerweise!

Als ich den nächsten Traum von der Traumsendegesellschaft kaufte, schalt ich ein wenig den Weißkittel. Aber er sagte, dass er den Schluss des Traumes gar nicht so gedacht und gesendet habe; Träume, einmal gut angekurbelt, entwickelten sich in den letzten Phasen selbst weiter … ganz individuell …

Billy wird auf Eignung geprüft

Ein Zukunftsbild

Mit einem Rippenstoß weckte der Zeitungsjunge den Schäfer auf der Bank im Garfield-Park. Billy Dighton fluchte, kaufte aber die Morgenausgabe des »Chicago American«, um rasch den Anzeigenteil durchzusehen. Da stand:

Besitzen Sie:

die Gabe	Neues schnell aufzufassen,
die Fähigkeit	sich rasch zu entscheiden,
die Zähigkeit	den Vorsatz durchzuführen,
die Tapferkeit	Wahrheiten offen zu sagen?

Dann melden Sie sich bei Lasha Co.,
Randolph Street 231 a.

Billy Dighton lief schon. Unterwegs griff er ein paar Mal in die taunassen Büsche und wusch Gesicht und Hände. Laufend zerrte er den Anzug glatt, richtete den zerdrückten Kragen und zog den Kamm durchs Haar. Am Parkausgang rieb er mit dem Unterhaltungsteil seiner Zeitung die Schuhe blank. Als er die Maypole-Avenue kreuzte, war ihm nicht mehr anzusehen, dass er im Freien übernachtet hatte.

Im Northwestern-Frühzug, der ihn ins Loop, Chicagos Geschäftsviertel, brachte, las er noch einmal die Anzeige. Sicher besitze ich diese schönen Eigenschaften, dachte er. Vor acht Wochen erfasste ich schnell, dass die Mixtur des alten Bose über dem Brenner zerplatzen müsste; ich sage ihm offen, dass er ein Narr sei, entschied mich, zum Fenster hinauszuspringen und führte den Vorsatz aus. Das Laboratorium des alten Bose flog mit ihm in die Luft; ich rettete das Leben und verlor meine Stellung. Möglich, dass ich mit meinen Eigenschaften jetzt ein neues Unterkommen erwische. Diese Lasha Co. sucht offenbar gerade mich.

Doch vor dem düsteren Gebäude 231 a Randolph Street standen schon etwa zwanzig Anwärter, die das Morgenblatt noch wärmer verschlungen hatten als Billy Dighton, oder in der näheren Umgebung, etwa im Union-Park, geschlafen und sich überhaupt nicht gewaschen hatten.

Billy stellte sich an, fragte den Vormann, ob schon eingelassen würde.

»Mach die Augen auf«, antwortete der mürrisch, »dann siehst Du, dass pünktlich alle drei Minuten einer hineindarf und dass ebenso pünktlich da drüben alle drei Minuten wieder ein Abgelehnter herauskommt. Bis jetzt scheinen sie noch keinen angenommen zu haben. Na, wenn wir in einer Stunde dran kommen, wird sich ja herausstellen, ob wir tapfer und zäh genug sind!«

»Was ist denn Lasha Co.? Fabrik? Handel? Oder?«

»Weiß niemand. Zahlen fünfzig Dollar die Woche.« Und der Mann begann zum Zeichen, dass er die Unterredung als beendet ansah, zu pfeifen.

Die Seitenpforte von 231 a schien mit einem Uhrwerk verbunden zu sein, denn sie entließ immer drei um drei Minuten einen der abgefertigten Bewerber, die ausnahmslos sofort abbogen und verschwanden, obgleich ihnen die Wartenden nachriefen und zu erfahren trachteten, welche Talentproben die Lasha Co. eigentlich verlangte.

Nur langsam schob sich die Menschenreihe vorwärts.

Endlich durfte auch Billy Dighton eintreten.

Das Tor hinter ihm schlug zu. Die kreisförmige Halle, in der er stand, zeigte ein Dutzend geschlossener Türen, sonst nichts. Kein Mensch war zu sehen.

Eine halbe Minute wartete Billy, dann ging er auf eine der Türen zu, die ihm am nächsten lag, und stieß sie auf. Ein Gang, mannshoch und mannsbreit, ganz schwach beleuchtet, führte in das Innere des Gebäudes.

Billy stolperte über eine querliegende Schwelle und fluchte. Er stieß sich an einem vorstehenden Eisenhaken, glitt auf einer schlüpfrigen Masse aus und fluchte wieder. Dann zwängte er sich durch ein paar spitz gewinkelte Ecken im Gang, fluchte nochmals und wünschte, das ganze Haus möchte in die Luft gehen wie das chemische Laboratorium des alten Bose selig.

Schließlich verbreiterte sich der sonderbare Weg zu einem runden Raum, in den auch die anderen elf Gänge mündeten. Demnach wäre es gleich gewesen, welche Tür der Bewerber gewählt hätte. Billy sah ein, dass System in der Sache steckte.

Ein Ledersessel mit wunderlichen Schnallriemen stand jetzt da. Der Sinn war klar: sich hineinsetzen, sich anschnallen und abwarten.

Billy Dighton beeilte sich. Kaum saß er aber gesichert, so wurde der Sessel von einem Mechanismus hochgestoßen. Ein wilder Tanz begann mit dem Stellungssuchenden. Links flog das Möbelstück und rechts, hinauf und hinab, es neigte ich nach vorn und nach hinten, dass dem Kandidaten alle Knochen im Leib durcheinandergeschüttelt wurden. Dazu schien der Sitz allmählich stachlig zu werden, um den Genuss zu erhöhen.

Billy fluchte und dachte trotz der Erschütterungen sehr klar und deutlich: Lasha Co. muss seine verrückte Bande sein! Krieg ich nachher den Manager dieser Idiotenfirma zu sehen, der es wagt, eine solche Narretei mit mir aufzuführen, dann haue ich ihm eine Ohrfeige herunter, dass ihm der letzte Funke Spaß an seiner Eignungsprüfung vergeht!

Unvermittelt hielt der toll gewordene Klubsessel an. Gleichzeitig fiel der Raum ins Dunkel. Ein rotes Leuchtschild flammte auf, erlosch sofort wieder. Billy Dighton hatte gerade noch lesen können: Festhalten! Achtung! Lift abwärts!

Eine Sekunde später sauste der Sessel mit Billy durch eine Versenkung blitzschnell in einen finsteren Schacht, stoppte mit einem Ruck, löste sich aus seiner Verankerung und rollte einige Meter vorwärts, um in einem modern aufgemachten Büroraum zu landen; hier saß ein Mann mit groben Zügen hinter einem Schreibtisch und lächelte zufrieden.

Billy Dighton sagte nicht Guten Morgen und gar nichts. Er schnallte sich aus dem Folterstuhl, ordnete seine Gliedmaßen, reckte sich, überquerte den Teppich zwischen Rollsessel und Schreibtisch, holte kräftig aus und schlug dem Lächelnden mit der flachen Hand auf die Backe. Im nächsten Augenblick lag er jedoch auf dem Boden und erkannte zu spät, dass der höhnische Manager dort nur eine täuschende Puppe war, die zudem mit irgendeinem kräftigen Strom in Verbindung stand.

Billy fluchte entsetzlich. Dann raffte er sich auf und sah sich nach einem festen Gerät um, mit dem er das Büro in Trümmer legen konnte. Gleich darauf erschien der erste lebendige Mensch der Lasha Co. und behauptete furchtlos, er sei Mister Josiah Lasha in eigener Person und interessiere sich nach der bestandenen Eignungsprüfung stark für den Bewerber.

Billy Dighton zog den Kopf zwischen die Schultern, fuhr mit der Zunge über die Oberlippe und Unterlippe, holte gewaltig aus und ließ … ließ den Schlagarm sinken. Denn Mister Josiah Lasha hatte sehr deutlich gesagt:

»Ich nehme sie mit achtzig Dollar die Woche.«

Nur ein vollendeter Narr haut einen Mann, der achtzig Dollar die Woche bietet – Billy Dighton aber war kein Narr.

Er folgte seinem Chef in das anstoßende Sitzungszimmer, nahm vorsichtig Platz, ungewiss, ob nicht alle Stühle hier verhext waren.

»Sie haben eine gute Auffassung«, sagte Mister Lasha. »Sie haben sich in allen Lagen, in die mein Prüfungssystem Sie gebracht hat, rasch zurechtgefunden, rasch und entschieden. Eine Frage noch: Was haben Sie gedacht, als Sie im Sessel herumgeschwenkt wurden? Erinnern Sie sich?«

Billy erinnerte sich und gestand: »So etwa: Verrückte Bande! Krieg ich den Manager zu sehen, dann haue ich ihm hinter die Ohren, dass ihm die Freude an seiner Methode vergeht, diesem Idioten!«

»Gut!«, meinte Mister Lasha. »Sie haben also auch den Mut, die Wahrheit zu sagen. Außerdem haben Sie Ihren Vorsatz energisch durchgeführt. Also, es bleibt dabei, achtzig Dollar! Können Sie ein Flugzeug führen?«

»Nein, Mister Lasha!«

»Sie werden es lernen! Sie haben im Sessel bewiesen, dass Sie geeignet sind. Sie werden alle Reisen für uns im Flugzeug unternehmen, überall in der Welt, wo etwas Besonderes los ist. Sie werden – kurz gesagt – die Gedanken der führenden Leute … fotografieren! Lasha Co. besitzt eine neue Erfindung, die beim Denken entwickelten Strahlungen aufzufangen, sie auf eine Platte in Sprache zu übertragen und grammophonisch ablaufen zu lassen. Ihr Beruf wird der spannendste der Welt sein! Und ihr Gehalt steigert sich mit den Erfolgen, die Sie erzielen …! Zweifeln Sie nicht an meinen Worten, Mister …?«

»Dighton!«

»Mister Dighton, ich beweise Ihnen sofort. Hören Sie, was Sie gedacht haben, als Sie im Schleudersessel saßen!«

Lasha drückte auf einen Knopf am Schreibtisch. Im Lautsprecher surrte es und klang dann deutlich: »Lasha Co. muss eine verrückte Bande sein! Krieg ich nachher den Manager dieser Idiotenfirma zu sehen, der es wagt, eine solche Narretei mit mir aufzuführen, dann haue ich ihm eine Ohrfeige herunter, dass ihm der letzte Funke Spaß an seiner Eignungsprüfung vergeht!«

»Gut, dass Sie offen die Wahrheit gesprochen haben, Mister Dighton«, lachte der Chef. »Ich habe gewusst, was mir drohte, ehe Sie hier unten eintraten. Glauben Sie an das Neue? Und nehmen Sie an?«

»Gern, Mister Lasha!«, rief Billy begeistert. »Und wann fliege ich?«

»Sobald ich mit meiner Eignungsprüfung den zweiten Mann gefunden habe!«

Der tote Hund

Der Wildschaden war bedeutend; die Schweine hatten in den letzten Nächten drei große Kartoffeläcker ausgegraben und in die saftigsten Weizenfelder Löcher gefressen, dass man Häuser hätte hineinstellen können.

Gegen Abend drückten wir durch das ganze Revier, ohne Erfolg.

Nach Mitternacht legten wir uns in einen Heuhaufen, um eine Stunde zu schlafen. Palix hatte aber keine Ruhe und drängte nach kurzer Zeit wieder zum Aufbruch. Es war mondhell und ein kleiner Wind ging.

Schweigend marschierten wir nebeneinander her, hinter uns trottete der Hund. Die Jagd war ausgedehnt, das Gelände schwierig; wir liefen Stunde um Stunde. Allmählich ermüdete ich von diesem nutzlosen Streifen.

Plötzlich hielt Palix mitten auf einem zerfurchten Fahrweg an und lauschte. Jetzt war es auch mir, als hörte ich dicht neben uns im Weizen das knirschende Abreißen der Ähren, das mahlende Kauen und wohliges Grunzen.

Palix gab mir einen Wink, entsicherte den Drilling und schlich mit seinem Hund am Feld hin, um gegen den Wind an die Tiere zu kommen und sie in der Richtung auf mich herauszudrücken, damit ich seitlich zum Schuss käme.

Ich stand, die Büchse im Anschlag, alle Sinne gespannt, und

wartete. Minutenlang war vollkommene Stille. Das Schmatzen und Grunzen hatte aufgehört. Endlich rauschte es auf. Ich fasste den Kolbenhals fester. Aus dem wogenden Weizen trat – Hektor. Von den Sauen keine Spur.

Dann ein kurzes Knacken und Rascheln, ein Hase ging hoch.

In diesem Augenblick erschien Palix, wütend, dass uns die Schwarzen entkommen waren. Er sah den Krummen laufen und knallte Schrot hinter ihm her. Der Hase überschlug sich im Feuer und kollerte in eine Furche. Sofort war Hektor drüben, schnappte und – schnitt die Beute an.

»Hierher, Hektor!«, schrie Palix verzerrten Gesichts.

Der Hund hob den Kopf, sah den drohenden Blick seines Herrn, klemmte die Rute ein und – blieb stehen.

»Hierher!«, brüllte Palix nochmals. Und gleichzeitig, vom Jähzorn übermannt, riss er den Drilling hoch und schoss.

Ohne einen Laut fiel Hektor um.

Am Nachmittag gingen wir mit dem Gemeindevorsteher und zwei alten, zäh willigen Bauern die Fluren ab, um den bis dahin eingetretenen Wildschaden zu schätzen; natürlich gab es deftige Auseinandersetzungen und viel Ärger.

Misslaunig kehrten wir gegen Abend in das Dorfwirtshaus zurück, ließen uns das Abendbrot herrichten und suchten bald unsere Zimmer auf, die, mit altertümlichem Hausrat gefüllt und mit breiten, schweren, bunt gedeckten Betten ausgestattet, nebeneinander lagen. Zwischen ihnen war eine schmale Tür, die seit Jahr und Tag verschlossen war.

Durch diese Tür wünschten wir uns ein mürrisches Gute Nacht, bevor wir uns hinlegten. Wir beabsichtigten, in der Frühe die Hochsitze am Waldrand zu beziehen.

Ich muss bald eingeschlafen sein, denn als ich erwachte und auf das Radiumzifferblatt meiner Uhr sah, war es erst zwei, und ich fühlte mich schon frisch und bei allen Kräften. Gerade überlegte ich, ob ich nicht jetzt schon Palix wecken sollte, um mit ihm noch einmal die gefährdeten Äcker und Felder zu durchsuchen, als ich nebenan sprechen hörte.

Palix? Mit wem unterhielt sich Palix in der Nacht? Träumte er laut? Kaum; nie hatte er im Traum gesprochen, und oft genug hatten wir Seite an Seite in einer Hütte oder in einem Heuschober übernachtet. Neugierig erhob ich mich, tastete zur Zwischentür hin und legte horchend das Ohr ans Holz.

»Geh wieder, Hektor!«, hörte ich Palix' Stimme und spürte, wie mir ein kühles Schauern über die Haut rann. Hektor? Hektor war doch tot und lag oben im Revier über dem angeschnittenen Hasen. Seltsam, seltsam.

»Sei ruhig, Hektor! Geh wieder! Platz doch!«, sagte drinnen Palix; die Worte waren aber eher bittend und beschwörend als befehlend.

Palix träumte also doch. Ich rief ihn durch die Tür an: »Was ist denn, Palix? Träumst du?«

Zuerst erfolgte keine Antwort. Ich klopfte.

»Palix!«

Da gab er zurück, unsicher und mit einem mir fremden Ton: »Komme, bitte, zu mir herüber! Entweder bin ich wahnsinnig, oder ich werde es in den nächsten zehn Minuten. Hektor läuft hier im Zimmer umher; ich höre ihn genau. Aber er ist nicht zu sehen!«

»Du hast geträumt, Menschenskind! Palix! Du hast doch den Hund gestern im Weizen umgelegt.«

»Ich weiß«, erwiderte er dumpf, »ich weiß das natürlich. Aber der tote Hund spukt bei mir herum. Ich höre ihn andauernd.«

»Du bist verrückt, Palix!«

»Das habe ich ja eben selbst behauptet. Bitte, komme herüber!«

Ich schlüpfte in die Hosen, warf den Mantel über, zündete die Kerze an und begab mich in das Nebenzimmer.

»Setz dich hier auf den Stuhl und warte!«, empfing mich Palix, ohne sich unter seiner rotweißen Decke zu rühren.

»Unsinn!«, schalt ich. »Kennst du keinen besseren Witz?«

»Mach dunkel!«

Ich drückte die Kerzenflamme aus.

Sofort knurrte neben mir der Hund, stieß gegen ein Stuhlbein und rieb sich an meiner Wade. Wohl überlief es mich kalt, aber ich bückte mich blitzschnell und griff zu.

Nichts! Meine Finger packten leere Luft.

... und drüben in der Ecke am Fenster heulte Hektor ein langgezogenes Gähnen. Ich fuhr erschrocken auf. Tausend Nadeln stachen mir in die Kopfhaut. Ein Unbekanntes würgte mich.

Irgendetwas wollte ich sagen, einen Satz, der mit dem Namen des toten Hundes begann. Doch nur diesen Namen vermochte ich auszusprechen. Da erscholl dicht neben mir, unter Palix' Bett hervor, Hektors freudiges Gebell.

Ich schüttelte mich, raffte mich zusammen, brachte mühsam ein Zündholz zum Glimmen und brannte die Kerze an. Auch die zweite, die neben dem Bett stand.

Dann suchte ich das Zimmer ab. Durchstöberte den Schrank, die Truhe, suchte unter dem Bett, unter dem Tisch, unter dem Sofa, hinter dem niedrigen eisernen Ofen.

Nichts! Kein Hund. Überhaupt kein lebendiges Wesen. Im Zimmer waren zwei erwachsene, nüchterne Menschen und Jäger dazu, die noch nie mit Gespenstern das geringste zu schaffen hatten. – Wir schauten uns an.

Palix war bleich, helle Tropfen standen ihm auf der Stirn. Und ich vermute, dass ich Palix nie ähnlicher gesehen habe als in diesen Sekunden des gegenseitigen fassungslosen Anstarrens.

»Glaubst du nun, dass Hektor spukt?«, fragte er schwach.

»Das ist doch zu dumm!«, meinte ich dagegen. »Wir sind doch keine Kinder. Wo hast du die Peitsche?«

»Die Peitsche? Neben der Tür hängt sie am Nagel.«

Ich holte sie mir, nahm wieder auf dem Stuhl Platz und blies die Kerzen aus.

Sofort scharrte es wieder vor meinen Füßen. Da hob ich das geflochtene Leder und schlug kräftig zu. Es klatschte hart auf die Holzdielen des Zimmerbodens, in den Schlag aber mischte sich – das gellende Aufheulen eines Hundes, der nicht vorhanden war. Denn dass ich in die Luft und nur wieder in die leere Luft hineingehauen hatte, war sicher.

»Und?«, forschte Palix.

»Es spukt!«, musste ich zugeben. »Es spukt wirklich und wahrhaftig. Der Geisterhund bereitet dir schlaflose Nächte, Rache der Kreatur! Steh auf und kleide dich an, lass uns ins Revier gehen. Vielleicht geht Hektor mit und treibt uns endlich einen Keiler auf!«

»Spotte nicht!«, erwiderte Palix aus den Kissen. »Mach Licht und geh. Ich will aus dem Spukzimmer hinaus!«

Meine Voraussage erfüllte sich nicht. Draußen merkten wir nichts von dem toten Hund; sein Körper lag noch da, wo er gefallen war. Aber von dem Spuk war nichts zu hören.

Bis zur nächsten Nacht im Dorfwirtshaus. Da wiederholten sich die Ereignisse. Solange es dunkel in Palix' Zimmer war, scharrte und knurrte, bellte, gähnte und winselte der tote Hektor.

Wir saßen dann beim Kerzenschein nebeneinander auf dem Bettrand und berieten uns. Mir fielen ein paar Geschichten ein und auch ein paar halb wissenschaftliche Berichte von spukenden Tieren, von Hunden, Pferden und Katzen. Ich hatte diese Dinge immer belächelt und mit einer überheblichen Geste abgetan: Sinnestäuschung.

Und nun?

»Wir dürfen mit keinem Menschen darüber sprechen«, meinte Palix, »man würde uns für närrisch halten.«

»Was aber willst du tun? Nimm mal an, dass sich diese Spukgeschichte bei dir Nacht um Nacht wiederholt; das Geistervieh ist sicherlich nicht an den Ort und hier an das Gasthaus gebunden. Wenn es dir nun folgte und dich bis in alle Ewigkeit plagte?«

»Hm!«, machte Palix und schüttelte sich.

Mir kam ein Gedanke.

»Du kennst meinen Bullenbeißer, Palix, den ich zu Hause habe.«

»Natürlich, den unnützen Fresser, der zu keiner Jagd taugt.«

»Ja, aber er ist kräftig genug …«

»Um?«

»… um es mit deinem toten Hektor aufzunehmen. Ich schlage vor, wir lassen uns meinen Beißer kommen und sehen einmal zu, ob er auch wie wir den Spuk hört und wie er sich dieser verrückten Sache gegenüber benimmt.«

»Der Versuch ist nicht strafbar!«, entschied Palix. Wir lachten.

Am Abend darauf schon war Big Bob, die starke Bulldogge, zur Stelle. Ich ließ sie Palix' Zimmer durchschnüffeln, schickte sie mit »Such!« und »Fass!« unter das Bett, hetzte sie unter Tisch und Stühlen durch auf einen unsichtbaren Nebenbuhler – nichts!

Big Bob blieb gelassen, warf wie verächtlich die Lefzen auf, vertiefte unwillig die Stirnfurche und schaute mich sauer an. Das gestromte Fell über seinem Karpfenrücken war glatt.

Ich kannte meinen Big Bob und seine zärtlichen Empfindungen für andere Rüden und wusste nun mit Bestimmtheit, dass in dem Raum, in dem Hektor zwei Nächte hindurch gespukt hatte, seit Wochen kein Hund gehalten worden war. Umso offensichtlicher war die Tatsache des Spukgeschehens.

Gegen Mitternacht begann dann der Versuch.

Ich löschte die Kerze und hielt die elektrische Taschenlampe, die ich mir besorgt hatte, bereit.

Stille zuerst, zwei oder drei unendlich lange Minuten.

Dann kläffte hinter mir, an der Tür – Hektor. Kurz und zornig.

Ich beugte mich hinunter über Big Bob, den ich noch an der Kette hatte, und spürte, dass mein Tier plötzlich zitterte und im Fang knirschte. Die Kette lockerte sich: Big Bob wich vor dem Spukhund zurück.

»Fass ihn, Bob!«, hetzte ich. »Fass ihn, den Kerl!«

Die Bulldogge schüttelte sich wild, als müsse sie ihre Angst abwerfen, und gab endlich Laut: drohend, wütend.

Ich löste die Kette.

Ein heftiges Knurren noch, und der Bullenbeißer raste los. Gegen die Tür, mit einem Satz auf die alte, aufkreischende Truhe, hinüber auf einen Stuhl, der umschlug, unter das Bett, heraus wieder und dann im Kreis herum. Ein wahnsinniges Jagen in der Finsternis.

Jetzt schien es, als stünden sich die Gegner gegenüber, der tote Hektor und der lebende Big Bob.

Im nächsten Augenblick stießen sie vor; ich hörte das harte Scheuern von Fell an Fell, ich hörte das Schnappen der Gebisse, das Scharren und Kratzen auf den Dielen.

Hin und wieder ein zerrissener, unterdrückter Schmerzenslaut, sonst kein Knurren und kein Bellen mehr. Gespenstischer Kampf.

Palix stieß mich an. Ich verstand und ließ die Taschenlampe aufflammen.

Die Dogge lag mit dem Rücken auf der Erde und biss wie wahnsinnig um sich. Ins Leere. Von dem Spukhund keine Spur natürlich.

Im hellen Lichtkegel erstarrte Big Bob. Das böse, rote Funkeln in seinen Augen erlosch und machte einem verwunderten Dreinschauen Platz. So verdutzt blickte das Tier nur in die Welt, wenn es aus einem Traum erwachte.

Ich schaltete die Lampe aus. In der nächsten Sekunde war die Beißerei wieder in vollem Gang. Wir flüchteten beide auf das Bett hinauf, denn dort war wohl der einzige Platz, der uns vor Big Bobs Zähnen bewahrte. Dort oben lauschten wir auf jede Phase des Ringens zwischen einem lebendigen Tier und einem – Spuk.

Wie lange es dauerte, weiß ich nicht. Fünf Minuten oder eine halbe Stunde. Dann schrie ein Hund klagend und stöhnte darauf mit stockendem Keuchen, das matter und matter wurde. Und erstarb.

Als es ganz still geworden war, sprangen wir vom Bett. Palix leuchtete; ich zündete die Kerzen an.

Big Bob lebte, aber er war so erschöpft, dass er nicht stehen konnte; er fiel auf seinen kurzen Beinen umher, als sei er betrunken.

Hektor meldete sich nie mehr. Bob hinkt noch heute.

Lebendiges Licht

Süßliche, moderige Luft dringt auf mich ein, stoßweise und keuchend geht der Atem …

Dieser Nebel muss zugenommen haben; er hüllt mich dichter ein mit den schweren Schwaden seiner feuchten Schleier; er trennt mich von der Umwelt. Einmal in diesem seltsamen Fortgleiten aus der Wirklichkeit schnellt sich in mir eine halbe Angst hoch, als ginge ich Ungewissem entgegen; dann ist es nur noch wie ein mähliches Verdämmern …

Jeder Schritt ist Anstrengung. Das holperige Pflaster der uralten Gasse, schlüpfrig verschlammt, droht nachzugeben unter dem tastenden Druck des unsicheren Fußes.

Ich halte mich links, um die Nummernschilder der düsteren Häuser lesen zu können. Mit hundert begannen sie. Aber nicht nur die geraden Zahlen kennzeichnen die Gebäude dieser Straßenseite, ich zählte neunundneunzig, achtundneunzig, siebenundneunzig und weiter bis neunzig – dann musste ich an einer Lücke vorübergegangen sein, denn plötzlich sah ich die Dreiundachtzig, leuchtende Ziffern auf dunklem Grund.

Siebenundsiebzig suche ich, Mauritiusgasse 77.

Ich fand ein schmales, hingeducktes Fachwerkhaus mit spitzem, weit vornüber geneigtem Giebel, verwahrlost und verwittert. Aber als ich in dem engen Flur stand, zwischen unsauberen Wänden mit zerschlissenen und längst farblosen Tapetenfetzen, da wusste ich nicht mehr so recht, ob ich auch richtig im Haus 77 war; ich erinnerte mich weder, die Zahl draußen gesehen zu haben, noch hätte ich den mühsamen Weg beschreiben können, den ich bis hierher zurückgelegt hatte.

Eine altertümliche Öllampe spendete aus winzigem Schwimmdocht einen geizigen Lichtschimmer und zeigte den mit Blaustift grob an die blanke Wand geschriebenen Namen, den ich finden sollte: Benedetto Lampada, Ingegnere.

Ingenieur also war dieser Italiener, der seine geheimnisvolle Erfindung unter Mithilfe meines Kapitals ausbeuten wollte, wenn ich den Inhalt des Inserats, das er aufgegeben und das mich daher geführt hatte, richtig verstand. Der Augenschein bewies allerdings, dass bis zur Stunde Herr Lampada mit seiner Erfindung keine allzu großen Reichtümer erworben hatte, denn er wohnte hinter einer offenbar recht brüchigen Zwischentür, die oben mit Streifen rostigen Wellblechs und unten mit einer verbeulten Zinkplatte beschlagen war.

Eine Klingel fehlte.

Ich bedurfte ihrer auch nicht, denn schon öffnete sich die Blechpforte lautlos und anscheinend selbsttätig. Wie sie jetzt langsam zurückdrehte und mir den Weg in das Haus freigab, erwies sie sich zu meinem ersten Erstaunen als ein massiver Panzerverschluss modernster Konstruktion; die Wellblechtarnung ließ vermuten, dass der Ingenieur zum wenigsten ein pfiffiger Kopf war.

Aber ehe ich noch weiteren Mutmaßungen nachhängen konnte, wurde im geradeaus fortlaufenden Hausflur eine Zimmertür heftig aufgerissen im selben Augenblick, in dem hinter mir die schweren Stahlbolzen der Panzerverriegelung in ihre Lager schnappten.

»Treten Sie näher, mein Herr! Guten Abend!«

»Guten Abend!«, erwiderte ich ein wenig beklommen den nicht allzu freundlichen Gruß. »Mein Name ist …«

»Verlieren Sie keine Worte«, unterbrach mich barsch der Italiener, »ich weiß, wer Sie sind! Ich hoffe sehr, Sie sind der neue Teilhaber meines Unternehmens, der Organlicht-AG! Zeigen Sie mir, bitte, Ihren Bankkontoauszug. Wir können sodann mit den notwendigen Verhandlungen sofort beginnen, vorausgesetzt, dass Sie ein flüssiges Guthaben von fünfundzwanzigtausend Goldmark bei Ihrer Bank verfügbar haben! Nehmen Sie Platz!«

Ich schaute mich forschend in der dürftig eingerichteten Stube um, griff einen der umherstehenden Küchenstühle und setzte mich mit ziemlichem Abstand dem sonderbaren Erfinder gegenüber, der mittlerweile die Zimmertür geschlossen hatte und nun auf einem derben, mit wunderlichem Wirrwarr bedeckten Tisch saß, schlaff und ohne besondere Haltung. Der Mann war hager und ungewöhnlich groß, in dem weißen, bis obenhin zugeknöpften Laboratoriumskittel noch länger erscheinend, sicherlich kein südländischer Typ; hätte ich seinen Namen nicht gewusst, so würde ich ihn eher für einen Irländer denn für einen Italiener gehalten haben.

Schnell entschlossen, seinem unwirschen Ton, den er angeschlagen hatte und der so gar nicht zu seinem nachlässigen Benehmen passte, die rein sachliche Rede entgegenzusetzen, sagte ich: »Es handelt sich, wie ich Ihrem Inserat entnahm, um die Neugründung einer Aktiengesellschaft. Von wem kämen nun die zweiten fünfundzwanzigtausend Mark herein?«

Er wippte ungeduldig mit dem von der Tischkante herabhängenden Bein, zog sehr hörbar Luft in die Nase, als wolle er mich beschnuppern, und entgegnete; diesmal weniger schroff: »Sie geben doch fünfundzwanzigtausend! Mehr haben wir nicht nötig! In einem Jahre, zum nächsten Winter, ist eine Million Reichsmark daraus geworden!«

»Und wer gründet die Gesellschaft?«, frage ich weiter.

»Was wollen Sie denn? Wir beide gründen natürlich!«

»Langsam, Signore!«, rief ich gelassen. »Sie vergessen ganz die Bestimmungen des Handelsgesetzbuches, die mindestens fünf Gründer verlangen, von denen jeder wenigstens eine Aktie übernimmt.«

Lampada zog die Unterlippe zwischen die Zähne.

»Wie groß wäre die kleinste Aktie?«, fragte er dann sachlich.

»Hundert Reichsmark!«

»Gut!«, sagte er, vergrub die Hände in den tiefen Taschen des Kittels und rekelte sich in den Schultern. »Keine Schwierigkeit! Als Mitbegründer mit je einer Hundert-Mark-Aktie gelten: Doktor Drodowsky, mein wissenschaftlicher Hilfsarbeiter, der Tierpfleger Pop und Specchio, Gärtner, Koch, Diener, Mädchen für alles! Bitte, was wollen Sie mehr?«

»Und Sie würden für fünfundzwanzigtausend Mark Sachwerte einbringen?«, erkundigte ich mich, der Antwort schon gewiss.

»Zum Teufel!«, schrie er und sprang von seinem Sitz. »Ich bringe keine Werte ein, die sich in Mark abschätzen lassen. Der Wert meiner Erfindung, der ideelle Wert, ist unbegrenzt!«

»Der ideelle Wert reizt den Registerrichter gar nicht, Signor Lampada!«, wandte ich ein. »Das Mindestkapital zur Gründung einer Aktiengesellschaft beträgt fünfzigtausend Goldmark, in bar oder in Sachwerten. Das Projekt, wie Sie es sich gedacht haben, wäre demnach undurchführbar. Und offen gestanden, ich möchte auch nicht der einzige Geldgeber sein und das gesamte Risiko tragen!«

»Risiko?« Er schnickte mit den Fingern, sein Gesicht war eine Grimasse von Hohn. »Risiko? Es gibt kein Risiko! Sie sollen sehen, Signore! Ich werde Ihnen zeigen, was außer mir und Drodowsky und Pop noch nie ein Mensch gesehen hat! Ich werde Ihnen das Geheimnis …«

»Sie müssen ohne die Fünfzigtausend den Plan der AG aufgeben!«

»Ich werde einen zweiten Geldgeber finden!«, brüllte er und hieb die Faust auf den Tisch. »Zeigen Sie den Kontoauszug, damit ich sehe, ob Sie ernsthaft der erste sein könnten oder ob Sie nur schnüffeln wollen! Geben Sie her!«

Er stürzte auf mich zu, riss mir die Saldobestätigung der Bank aus der Hand, prüfte sie und warf das Papier achtlos zu Boden.

Beide Hände in das dichte, rotbraune Haar verkrallt, den Blick der grauen Augen durchdringend auf mich gerichtet, sann er eine lange Weile nach. Endlich fragte er schnell, als wolle er mich überraschen: »Was sind Sie von Beruf?«

Ich erklärte, ich hätte mich nie anders als kaufmännisch betätigt. Er fiel mir wieder ins Wort und fragte: »Sie sind weder Mediziner noch Zoologe? Haben Sie sich auch nie, vielleicht aus Liebhaberei, mit wissenschaftlichen Dingen beschäftigt, mit Bakteriologie zum Beispiel?«

»Nein, nie! Ich hatte zu solchen Liebhabereien nie Zeit!«, log ich. Denn ich hatte längst begriffen, dass er mich in seine Geheimnisse nur einweihen würde, wenn er mich für ausreichend dumm hielt.

»Gut!«, knurrte er mich an. »Ich will Sie davon überzeugen, dass Ihr Geld nicht besser angelegt werden kann als hier bei mir!«

»Vergessen Sie nicht, dass ich auch in technischen Dingen vollkommener Laie bin!«, sagte ich, während ich mich erhob und den Mantel zuknöpfte. »Ich weiß vom elektrischen Licht zum Beispiel nicht mehr, als dass es angeht, wenn man am Schalter dreht. Und es handelt sich doch wohl bei Ihren Erfindungen um eine neue Art von Licht?«

Lampada lachte heiser.

»Kommen Sie also!«, entschied er sich endgültig. »Ich werde versuchen, meine neue Art von Licht, die in Wirklichkeit die älteste sein mag, Ihnen verständlich zu machen. Kommen Sie!«

Es dauerte eine Weile, bis er die schmale Seitentür geöffnet hatte, die ebenfalls mit einem komplizierten Schloss gesichert war. Er ging voran, schlüpfte durch die schweren Ledervorhänge. Ich folgte ihm. Hinter mir schloss sich mechanisch die Tür; vor mir war ein dunkler Raum.

»Vorsicht!«, hörte ich den Ingenieur sagen. »Zwischen den Glaskästen rechts und links ist der Durchgang nur mannsbreit; Sie müssen sich also immer hinter mir halten! Der Raum ist beschränkt hier auf dem Grundstück und gestattet keine Bequemlichkeiten!«

»Auch keine Beleuchtung?«

»Die Pflanzen in den Warmbeeten dürfen kein Licht haben, sie würden sonst für meine Versuche untauglich werden«, erwiderte er.

»Muss denn die Pflanze nicht Licht zum Leben haben?«

»Nein! Diese Pflanzen gedeihen im Dunkeln, weil sie auf ganz bestimmte Art künstlich ernährt werden. Sie sollen kein Licht empfangen, sondern Licht geben! Aber sie lernen nur langsam zu … leuchten!«

War der lange Ingegnere ein Narr? Blumen lernen leuchten? Wie denn? Und weshalb denn? Aber doch, da fiel mir etwas ein.

»Ich hörte schon einmal von überseeischen leuchtenden Blumen!«

»Dann hörten Sie einen Unsinn, Signore!«, entgegnete Lampada grob. »Es gibt keine leuchtenden Blumen!«

Wahrscheinlich waren wir am Ende des Raumes angelangt, denn er hielt an und klapperte mit dem Schlüsselbund.

»Jede normale physiologische Leuchterscheinung«, fuhr er fort, »hört in der Stufenleiter der Lebewesen bei den Pflanzen nach den Pilzen auf, bei den Tieren nach den Fischen. Honigpilz und Hutpilz leuchten, auch ein paar Algen leuchten noch; für uns nicht interessant, denn mit dieser Leuchtkraft, der Phosphoreszenz wohl verwandt, ist für meine Zwecke nichts anzufangen. Ich schalte auch die Leuchtorgane der Glühwürmer aus, in denen sich Fettstoffe zersetzen. – Aber kommen Sie weiter, unser Weg ist lang!«

Hinter der Tür führte eine vielstufige Treppe in den Keller hinab. Aber auch auf der Treppe musste ich mich hinter Lampada halten, weil sie nur knapp einen halben Meter breit war. Ich ging sehr behutsam, denn das geringe Licht, das von der kleinen Lampe des Ingenieurs ausgestrahlt wurde, erhellte zwar matt die Stufen vor ihm, ließ jedoch meinen Weg im Dunkeln.

Unten schritten wir wieder zwischen Glaswänden weiter. Die Atemluft war feucht und stickig.

»Die Häuser der Mauritiusstraße haben keine Keller«, erklärte der Italiener, »sie stehen auf dem früheren Festungsgelände und stammen aus einer Zeit, in der aus militärischen Gründen das Ausheben von Kellerräumen hier oben untersagt war. Denn unter der ganzen Gasse her läuft ein breiter unterirdischer Verbindungsgang zwischen dem sogenannten Affenturm und der alten Bastion Sankt Georg. Dieser Gang, längst auf beiden Enden verschüttet und ganz in Vergessenheit geraten, ist durch einen Zufall von mir angeschnitten worden. Ich unterhalte hier seit vielen Jahren – nach kostspieligen Versuchen und Forschungen und vielen Fehlschlägen – ausgedehnte Tiefseeaquarien! Schon an sich eine Leistung: Künstliche Temperatur, künstliche Wasserzusammensetzung mit genauer Dosierung und Ergänzung von Kochsalz, Magnesiumsulfat, Kalziumchlorid, Brom, Bor, Aluminium, Silizium und so weiter und so weiter. Genug, hier unten leben, dem menschlichen Auge sichtbar, Tiefseetiere, die der offiziellen Wissenschaft größtenteils noch gar nicht bekannt sind! Es sind allerdings ausschließlich Lebewesen, die Leuchtorgane besitzen!«

Die kleine Lampe, die ich auf der Brust des Herrn Lampada vermutete, erlosch. Wenige Sekunden war völlige Finsternis.

Dann aber, als sich die Augen an die Dunkelheit gewöhnt

hatten, sah ich, es schwamm heran und herauf, schnell oder träge, es glühte, glimmte, leuchtete in unzähligen Farben, in Farben, die ich nie gesehen hatte. Immer heller wurde es hinter den dicken Glaswänden; ich unterschied jetzt die einzelnen Tiere, sah sie mit teuflischen Mäulern schnappen, mit tellergroßen Augen glotzen! Ein wunderbares, aber gespenstisches Schauspiel!

»Welch ein Feuerwerk!«, entfuhr es mir.

»Sehen Sie hier«, sagte der Forscher und hielt an, ohne sich umzuwenden, »da oben die schwingende, zitternde, opalisierende Girlande der Sinophoren, da drüben die lebendigen Edelsteine der Cephalopoden. Die Flammen in rot und blau, die dort züngeln und sich wiegen, sind Pyrosomen. Die violette Kugel ist eine Medusenart. Der goldene Schleier hier links gehört einer Qualle, die es noch nicht zu einem wissenschaftlichen Namen gebracht hat. Es tut nichts, denn die winzigen grünen, gelben und kupferfarbigen Fischchen, die hin und her zucken, führen lateinische Bezeichnungen, die nicht das geringste sagen. Bitte, Signore, hier auf der anderen Seite wachsen richtige, hell leuchtende Bäumchen, da wachsen ganze Farbentöpfe; aber alles das sind selbstverständlich Tiere. Da sind Muscheln und Seesterne. – Und schauen Sie den Ballon an, der eben heranschwebt. Ist er weiß oder rosa, ist er silbern oder gelb? Nichts, er hat eine Farbe, auf die kein Wort passt!«

»In welchen Tiefen leben denn diese Leuchttiere?«, fragte ich.

»Die meisten, die bekannt sind, gehen nicht tiefer als fünfhundert Meter unter den Wasserspiegel«, berichtete der Ingenieur, während wir unseren Weg fortsetzten, »aber auch in Tiefen zwischen viertausend und fünftausend Meter hat die Valdivia-Tiefsee-Expedition noch Tiere gefunden. Unser Stahlkabel, an dem die Netze hingen, war damals zehn Kilometer lang.«

»Und was ist das nun, was da leuchtet?«

»Ah, Ihr Interesse an den Dingen scheint schon zu wachsen,

Signore! Nun, in den meisten Fällen ist der Bau dieser Leuchtorgane außerordentlich kompliziert. Kommen Sie ein paar Schritte weiter! Hier unten, ein Tintenfisch, Lysoteuthis diadema, bei Ihnen Wunderlampe genannt. Schaut er nicht aus, wie mit Edelsteinen besetzt? Mit roten und dunkelblauen, perlmuttfarbenen und weißen Perlen bestickt? Es sind zweiundzwanzig Leuchtorgane auf dieser Wunderlampe angebracht, aber es lassen sich, was den inneren Aufbau angeht, zehn verschiedene Systeme unterscheiden! Die Natur hat eine ganz unerschöpfliche Phantasie, Signore! Das Leuchten selbst ist eine Chemolumineszenz; im Körper des Tieres werden Stoffe erzeugt, die man Photogene nennt, weil sie bei Oxidation Licht geben. Diese Photogene stellen sich als Sekrete dar, die entweder in den Zellen bleiben, also ›intrazellular‹ leuchten, oder aber, wie bei der Bohrmuschel, ausgestoßen werden. Bei einigen Tintenfischarten ist die Ausscheidung der Leuchtsekrete so stark wie der Tintenerguss der gewöhnlichen Tintenfische und schützt das Tier gegen Verfolger, die nach der schwimmenden Leuchtmasse schnappen, während die Beute entweicht.

Einige Leuchtorgane sind wie Scheinwerfer gebaut, durch einen Pigmentmantel richtig abgeblendet und haben Reflektoren aus Guaninkristallen; die können gerichtet, ja vollkommen umgedreht werden in den Fällen, in denen das Leuchten stetig ist. Meist aber regelt der Fisch Leuchten und Erlöschen durch besondere Reize; die notwendige Zufuhr von Sauerstoff erfolgt dann durch das Blut. Die Lichtstärke ist normalerweise nicht höher als 0,0024 Meterkerzen, das heißt die Lichtintensität in Meterentfernung von einer Normalkerze.

Etwas anderes! Treten Sie hier heran! Das Runde, Röhrenförmige, ein Manteltier, Pyrosoma giganteum, Feuerwalze. Das Leuchten ist in diesem Fall keine Eigenproduktion von Licht, es ist geliehen. Der tierische Organismus macht sich hier pflanzliche Organismen nutzbar, er siedelt leuchtende Bakterien in sich, lebt mit ihnen in Symbiose. Die Bakterien werden in der Tierzelle gut ernährt und mit Sauerstoff versehen, dafür leuchten sie und locken Nahrung an oder aber in diesem Sonderfall den Feuerwalzerich, der sein Weibchen sucht. Überall dasselbe, Signore, Fressen und Lieben, dazu der ganze Illuminierungszauber!«

Groteske Formen zeigten sich, unglaubliche Farben. Der Ingenieur nannte Namen und Namen, dass mir schwindelte – Schnepfenaal und Pelikanaal, Meerleuchte, Pennatula phosphorea, Venusgürtel, Photodrilen, Krebse, Schnecken der Gattung Phyllirrhoe, Salpen, Argyropelecus, Gigantactis, Equula, Melanocetus, Photoblepharon.

»Vorsicht, bitte!«, hörte ich die Stimme des Signor Lampada wieder. »Der Gang biegt hier um die Ecke, es geht drei Treppenstufen hinab!«

Das Licht der kleinen Lampe glomm auf, die Aquarien versanken in Dunkelheit, und die mannshohen Glaswände rechts und links wurden verzerrende Spiegel. Dort, wo das Knie des Festungsganges gebeugt war, ragte ein Stück der Glasscheibe im rechten Winkel gegen die Wegrichtung. Der Ingenieur schritt unbedacht auf diese hell und klar spiegelnde Fläche zu, ich konnte nicht auf den Boden achten, ich musste wie gebannt in den Spiegel sehen, der mir den Hageren, den Forscher, den rätselhaften Ingegnere deutlich von vorn zeigte.

Täuschung? Narrten mich meine gesunden Augen? Oder war das Wirklichkeit, dieses Spukbild im glänzenden Glas?

Der Signor Lampada trug … keine Lampe, er trug keine kleine Taschenlampe auf der Brust, das matte Licht, das den Gang erhellte, kam aus … ein grausiges Ahnen überfiel mich … kam mitten aus der Stirn des Mannes! Mitten in der Stirn trug der Ingenieur ein Leuchtorgan, das er willkürlich einschaltete und ausschaltete! Die Knie begannen mir zu schwanken …

Ich weiß nicht, wie wir aus dem Keller herausgekommen sind.

Wir saßen in einem Konferenzzimmer um einen altertümlichen Eichentisch; die Stühle hatten hohe, geschnitzte Lehnen. Der Raum hätte beruhigend gewirkt, wäre nicht die Beleuchtung so gespenstisch gewesen. An der Decke, in einem dünn verglasten Raum, hingen prächtig leuchtende Schwämme, grüne Becher, gelbe Röhren, violette Körbe und silbern schimmernde Füllhörner, wuchsen blitzende Sträucher, lebten korallenrote und himmelblaue Tannenbäumchen, schwankten Blütenkelche in tausend Formen und Farben.

»Alles Leuchttiere!«, hatte Herr Lampada erklärt. Jetzt thronte er an der Schmalseite des Verhandlungstisches, sein Stirnlicht funkelte mich an.

Rechts saß ein kleiner schwarzer Mann mit verzogenem Rückgrat; er hätte italienisch ausgesehen, aber es war Dr. Drodowsky aus Lodz; Pop saß da wie ein roter Gorilla; der Gärtner-Koch Specchio, hager wie sein Herr, machte seinem Namen Ehre: Er spiegelte jede Miene des Signor Benedetto Lampada genauestens wider.

»Nun?«, begann der Ingenieur. »Wie ist Ihnen die Besichtigung bekommen? Ich hoffe, gut! Sprechen wir also weiter!«

»Ich habe bis jetzt ein ausgedehntes Aquarium gesehen, Signor Lampada«, sagte ich mit Anstrengung, »sonst nichts! Würden Sie mir erklären, worin nun Ihre Erfindung besteht und welche Verwertungsmöglichkeiten Sie sehen?«

»Aber sehr gern, Signore! Deshalb sitzen wir hier! Es lässt sich in aller Kürze auseinandersetzen. Sehen Sie, bitte, auf meiner Stirn das Leuchtorgan! Ich habe es nicht mit auf die Welt gebracht. Ich habe es vielmehr gestohlen. Einem größeren Tintenfisch nämlich, der zwei dieser Art besaß. Das ganze Leuchtorgan mit Leuchtkörper, Linse, Reflektor, Spiegel und Blende ist sehr sorgsam aus dem Tintenfisch gelöst und mir eingepflanzt worden. Nicht wahr, Doktor?«

»Es sagt sich einfacher«, meinte Drodowsky, »als es zu machen war.«

»Auch die Nervenbahn wurde sachgemäß überpflanzt und an eine bestimmte Stelle des Gehirns geleitet«, setzte Lampada seine Erklärung fort, »man sollte glauben, dass der Urmensch nicht etwa ein drittes, das sogenannte Scheitelauge besessen hat, sondern dass er über der Stirn ein richtiges Leuchtorgan trug, das ihm in den Höhlen, in denen er lebte, Licht spendete. Die berühmten Höhlenmalereien der Urzeit befinden sich in vollkommen finsteren Gängen und Grotten; kein Holzfeuer konnte damals eine solche genügende Beleuchtung geben, dass die künstlerische Ausführung in großen Höhen, an den Decken, möglich gewesen wäre. Aber zu dieser Zeit leuchtete sich der Deckenmaler noch selbst mit seinem Stirnlicht! Dieses verloren gegangene Licht, diese organische Lampe ist doch wohl Verwertungsobjekt genug, mein Herr! Glauben Sie nicht, dass die Menschheit sich gern einer kleinen Operation unterziehen wird, um nachts ganz unabhängig von künstlichem Licht zu sein? Nicht nötig, dass jeder seine Organlampe auf der Stirn trägt. Man kann diese Leuchtorgane selbstverständlich an jeder Körperstelle einpflanzen, wenn Doktor Drodowsky seine chirurgischen Kniffe zur Verfügung stellt. Der Eingriff ist unbedingt gefahrlos. Kurz, Signore, die zu gründende Lampada-Organlicht-AG bringt der Menschheit das verschwundene natürliche Leuchtorgan zurück, gegen entsprechende Zahlung natürlich. Die Unkosten sind gering genug, der Preis kann zuerst gar nicht hoch genug gestellt werden! Über die Einzelheiten reden wir, sobald Sie sich entschieden haben, Ihre fünfundzwanzigtausend Mark einzuschießen! Übrigens, Sie müssten sich jetzt sofort entschließen. Wir befinden uns in einer Notlage, unsere Mittel sind erschöpft, die Unterhaltung unserer Aquarien verschlingt doch ziemliche Summen; wir haben also verständliche Eile, zu gründen, eine gute Werbung durchzuführen und zu verdienen! Ich lasse Ihnen einige Minuten Zeit zur Überlegung, Signore!«

Sein Stirnlicht erlosch.

Mich entscheiden? Ein Wahnsinn, dieses Unternehmen! Vielleicht, dass ich hier unter Irrsinnigen war! Nein, nur mit heiler Haut wieder aus der beängstigenden Tiefseeunternehmung des Signor Benedetto Lampada, Ingegnere, hinauskommen!

»Ich werde Ihnen morgen Bescheid zukommen lassen, Signore!«, sagte ich aus enger Kehle.

Doktor Drodowsky wandte mir das blasse Gesicht zu und schob die dunkle Schutzbrille auf die Stirn hinauf; er hatte nur ein Auge, unter der linken Braue blitzte Licht.

»Ein ehrliches Wort, mein Herr!«, sprach er schleppend. »Sie haben gar keine Wahl. Sie können jetzt, nachdem Sie unser Fabrikationsgeheimnis gewissermaßen kennen, nur noch ja sagen!«

»Ich sehe das nicht ein!«, begehrte ich auf.

In der nächsten Sekunde war Pop aufgesprungen, hatte mich auf meinen Stuhl zurückgerissen und warf mir behänd dicke Lederriemen um die Beine. Specchio eilte ihm zu Hilfe und schnürte mir die Handgelenke auf die Armlehnen fest.

Was sollte jetzt mit mir geschehen? Mein Herz pochte wild.

Lampada erhob sich und trat dicht vor mich hin; sein Licht flammte auf und blendete mich. Irgendwie musste die Funktion des einstmaligen Tierorgans um ein Vielfaches verstärkt worden sein.

»Hören Sie!«, sagte er grollend zu mir. »Neben der Methode der Überpflanzung eines Leuchtorgans gibt es natürlich auch die der Einimpfung leuchtender Bakterien. Diese Methode ist noch wenig erprobt. Wir haben bisher Blumen mit solchen Bakterien behandelt, um Leuchteffekte in nächtlichen Gärten zu erzielen; der Erfolg war nicht groß. Aber wir hatten schon weiße Mäuse, die über und über geleuchtet haben, ehe sie … eingingen. Auch Hunde und Schweine vertrugen die giftigen Ausscheidungen der eingeimpften Leuchtbakterien nicht. Ich glaube aber wohl, dass ein gesunder Mensch eine kleinere Ansiedlung ohne Schaden beherbergen kann. Ich glaube es, aber ich weiß das nicht. Ich möchte deshalb an Ihnen einen Versuch wagen!«

Ich hörte mich aufschreien, ich wand mich in den Fesseln.

»Wenn Sie sich ungebührlich benehmen, Signore«, rief Lampada warnend, »lasse ich Ihnen vom Doktor eine gute Spritze Skopolaminmorphium verabreichen und gebe Ihnen die Bakterienkultur im Dämmerschlaf!«

Noch einmal brüllte ich auf in Angst und Qual … dann schwand mir das Bewusstsein …

Ich erwache keuchend und schrecke zusammen, denn über mir ist das Gesicht mit der Stirnlampe, noch bin ich gefesselt …

»Sie Teufel!«

»Na, na!«, sagt der Professor und nimmt die Operationslampe von der Stirn. »Beschimpfen Sie mich nur nicht, ich kann Ihnen in der Narkose kaum weh getan haben. Es war eine geringfügige Knochenentzündung, deren Herd ich ausräumen musste. Alles vorüber! Wiedersehen!«

»Hat die Narkose gut gewirkt?«, fragt Doktor Klein, der Assistent.

Die Schwester löst mir die Bandagen.

»Ich habe … wundervoll geträumt! Wie weit habe ich übrigens – beim Einschlafen gezählt?«

»Bis dreiundachtzig von hundert an, glaube ich; nachher haben Sie noch die Siebenundsiebzig herausgewürgt. Im Allgemeinen wirkt Solästhin rascher!«

»Und wie lange hat die Narkose gedauert?«

»Knapp zwei Minuten!«, antwortet die Schwester und reicht

mir ein Glas Kamillenlösung zum Nachspülen. »Länger dauert ja eine so kleine Zahnoperation selten. Ruhen Sie sich noch ein bisschen aus!«

Ich sitze und grüble darüber nach, wie ich zu diesem Narkosetraum gekommen sein könnte …

Bibliographische Anmerkungen

Garfields Erfindung
aus: *Die Woche* (hrsg. von Carl Rhan), Nr. 33, Berlin 1929, Verlag August Scherl

Der Höllengeiger
aus: *Westböhmische Tageszeitung* (hrsg. von Valentin Viatschko), Nr. 16, Pilsen 1930, Erste Westböhmische Druckindustrie AG

Der Wolf Ota-O
aus: *Salzburger Chronik* (hrsg. vom Salzburger Pressverein), Nr. 62, Salzburg 1930, Verlag Salzburger Pressverein

Das Wikingerschiff
aus: *Salzburger Chronik* (hrsg. vom Salzburger Pressverein), Nr. 62, Salzburg 1930, Verlag Salzburger Pressverein

Spuk um HL 20.130
aus: *Sonntagsblätter. Schriftleitungsbeilage der »Freien Stimmen«*, (hrsg. durch die Freien Stimmen) Folge 96, Klagenfurt 1930, Freie Stimmen Druck- und Verlagsanstalt

Tapados
aus: **Durch alle Welt** (hrsg. von Dr. Alfred Berg), Nr. 24 f., Berlin-Schöneberg 1930, Verlag Peter J. Oestergaard

Der Schlossenrufer
aus: *Die Woche* (hrsg. von Dr. Lovis Hans Lorenz), Nr. 38, Berlin 1930, Verlag August Scherl

Lijssa tho Doel
aus: *Die Woche* (hrsg. von Dr. Lovis Hans Lorenz), Nr. 44, Berlin 1930, Verlag August Scherl

Das Ausgeh-Herz
aus: *Westböhmische Tageszeitung* (hrsg. von Valentin Viatschko) Nr. 297, Pilsen 1930, Erste Westböhmische Druckindustrie-A.-G.

Treibhaus des Grauens
aus: *Durch alle Welt* (hrsg. von Dr. Alfred Berg), Nr. 46 f., Peter J. Oestergaard Verlag, Berlin-Schöneberg 1930

Der Teufelsknüppel
aus: *Bibliothek der Unterhaltung und des Wissens* (hrsg. von Gottlob Mayer), Band 12, Stuttgart 1930, Union Deutsche Verlagsgesellschaft

Die Traumsendegesellschaft
aus: *Bibliothek der Unterhaltung und des Wissens* (hrsg. von Gottlob Mayer), Band 7, Stuttgart 1931, Union Deutsche Verlagsgesellschaft

Billy wird auf Eignung geprüft
aus: *Der Landfreund* (Teil der *»Bilder-Woche. Illustrierte Versicherungs-Zeitschrift«*), Nr. 5, Zürich 1932, Verlag C. Frey

Der tote Hund
aus: *Roman-Zeitung* (Teil der *»Bilder-Woche. Illustrierte Versicherungs-Zeitschrift«*) Nr. 31, Zürich 1932, Verlag C. Frey

Lebendiges Licht
aus: *Bibliothek der Unterhaltung und des Wissens* (hrsg. von Gottlob Mayer), Band 7, Stuttgart 1933, Union Deutsche Verlagsgesellschaft